当代中国文学书库

百草园里的春天

喻莉娟 ◎ 著

中国文联出版社

图书在版编目（CIP）数据

百草园里的春天 / 喻莉娟著 . -- 北京：中国文联
出版社，2023.3

ISBN 978－7－5190－5110－5

Ⅰ.①百⋯ Ⅱ.①喻⋯ Ⅲ.①散文集—中国—当代
Ⅳ.①I267

中国国家版本馆 CIP 数据核字（2023）第 032628 号

著　者　喻莉娟
责任编辑　贺　希
责任校对　李　晶
装帧设计　中联华文

出版发行　中国文联出版社有限公司
地　址　北京市朝阳区农展馆南里 10 号　　　邮编　100125
电　话　010－85923025（发行部）　　　010－85923091（总编室）
经　销　全国新华书店等
印　刷　三河市华东印刷有限公司

开　本　710 毫米×1000 毫米　　1/16
印　张　15
字　数　192 千字
版　次　2024 年 1 月第 1 版第 1 次印刷
定　价　78.00 元

喻莉娟出版著作

文学作品

1.《卉卉》

2.《水灯载去我的祝福》

3.《风流草》

4.《喻莉娟小说散文集》

5.《崖窝》

理论专著

6.《文学欣赏艺术》

7.《心灵的行走》

8.《公文写作实务》

9.《公安写作100问》

10.《公文写作技巧》

11.《公安文书写作》

12.《公安实用写作》

13.《中华传统文化读本》

14.《新编公安写作一百问》

15.《公文写作要义》

16.《记叙文入门劲射》

内容提要

行走，才能领会自在。行走，才有邂逅。

有邂逅，才有感悟。邂逅风情，邂逅文化，邂逅是一种灵性。邂逅是时光隧道上留下的记忆，记忆是心灵天空里美丽的北极光。

邂逅还需坚守，信仰无论伟大或卑微，坚守了就是大写的人。

这样活着，日子就没白过。

这就是《百草园里的春天》。

目 录
CONTENTS

第一章
有滋有味的记忆

　　刚到务川，这里的饮食文化，不太接受，特别是务川油茶，黑黑乎乎的，又苦又涩，还要一碗碗地喝，真是难拿下。随着时间进程，也就慢慢地接受了，这是一种饮食文化的同化。这种饮食的趋同，一旦形成就难以忘掉，直到现在，作为最好的享受就是喝上一碗地道的务川油茶。

青　蒿

一

上小学时，忆苦思甜，吃忆苦饭，对其"青蒿饭"，有特别的记忆。一天上午，学校召开忆苦思甜报告会，大爷大妈"诉苦把言申"的报告讲完，大家唱着"天上布满星，月亮亮晶晶，生产队里开大会，诉苦把言申……"走回自己班教室坐好。不一会儿，老师抬着一大锅青蒿饭进教室。开会时就听老师说了，听完报告会有忆苦思甜的青蒿饭吃。听说有吃的，大家激动地等待着。现在看到了这个青蒿饭，黑白相间，看得出来是米饭加蒿叶，飘来一丝丝清香。一个个围到桌边，排好了队。一种清苦香味直蹿脑门。我望着老师手上的瓢，一瓢瓢，舀在碗里。我注意着，看哪一碗多一点，希望最多的能到我的手里，一瓢一碗，正好在我面前的那碗，老师一瓢下去，瓢上一个尖尖帽，好高，我有些激动，太有运气了，看起来比别的同学都多，暗自高兴。看看同学们，一人一碗端走，我正好端自己面前的那碗，碗边上还粘贴着几颗饭，黑里泛青，似乎油晶晶的，我迫不及待地把它们弄在碗里，可几颗总是粘在手上，不愿进去，只好放进嘴里吃掉，有点回甜。

同学们都坐在了自己的位置上，吃起来。一个同学那痛苦夸张的表情，让我惊了，刚才的兴奋，不见了。见他那样，我犹豫了一下，还是试着吃了一口，眼睛一闭，一口饭要吐出来，怎么这样难吃，好苦哦。

老师说，大家都要吃下去，咽下第一口就好了。没有那么艰难，你们看老师吃。说着，她吃了一大口。接着说，解放前这是最好的东西，还有很多人没有的吃。刚才报告会上，你们不是都听见了吗？今天的忆苦思甜，就是要让大家知道什么是苦，才知道今天的甜。都必须吃下去，不许吐。老师吃着，看起来还很好吃的样子。她吃得很快，没几口，那一碗就吃完了。她拿着空碗在我们身边走，看着我们每一个人的进度。好像考试时的监考一样，看看有没有人作弊。

她走到我身边，我急着将想吐出来的那口饭又咽了回去。同学们在使劲地咽，看来都很艰难，实在是难吃。老师在看我，我知道她是要我带头。我这个班干部是应该事事带头，便埋着头猛吃两口，使劲咽下去。吃多了好像也不觉得苦了，一口口咽，不用嚼。最后还有一点，实在是吃不下去了，这时候的教室有些乱，大家都在说话，趁老师不注意，我把剩下的一点用张纸包起来，准备往窗外丢，在那一刻，一个同学报告了老师。接下来，是在全班批评，全校批评，老师家访。我是抬不起头了，都是这个青蒿。

老师当天就家访，对爸爸说："姑娘平时一向表现不错，学习努力工作积极，成绩优秀，又是班干部，怎么在这个问题上经不起考验，大家都能吃，就她有这个表现。这说明我们平时放松了她的思想教育，在关键时候就出现问题了，幸好发现得早，她也还没有扔出去，不然我这个班主任也该挨批了，你好好说说她。"老师说完对我说："你当时是怎么想的，为什么要把它包起来扔掉。"我轻轻地说："什么也没想，只是吞不下去了，最后的那一点点，就想把它扔了。我错了，今后一定改正。"

老师说："写个检查，明天交给我。"说完又单独和爸爸说了几句，走了。老师走后，爸爸开始给我上政治课了。他说："青蒿饭，是难吃一点，你也不能丢掉，在困难时期，没有粮食，能吃的东西都找来吃了，现在还在吃蕨粑粑，那时候是它的叶吃完了，挖地三尺刨出蕨的根来弄成粉吃。蕨根挖完了，就是青蒿，最难吃的就是青蒿弄的蒿子粑粑，蒿子加红子，捣成泥做出一个个的蒿粑粑是好东西，救了多少人的命。今天的青蒿饭就算不好吃，也不能丢呀，就是要叫你们这些从小没有吃过苦的娃娃体验一下苦。为的是记住今天幸福生活的甜，这样好的条件，你们才知道珍惜，才知道好好学习，天天向上。今天的事情一定要记住，青蒿的苦，是对我们有益的。"

我低着头，含着泪，不敢看爸爸那严厉的眼睛，那准备丢的青蒿饭，这时候已经被我捏成了饭团，成了青蒿粑粑，外面的纸已经变成了它的紧身衣，要脱下来已不容易了。我擦擦眼泪，拿着那褪不下纸的青蒿饭吃起来。不知怎么，这时候的青蒿饭已经不那么苦了，我流着泪，咽下最后一点青蒿饭。

二

爸爸那天说完我的事情，接着说了一件事，让我难忘。他见我吃完那坨青蒿饭，接着说："青蒿是好东西呀，饿饭那些年间，有点青蒿吃就能活命，青蒿救了好多人的命。我的爹妈，你的公婆，当年要有一点青蒿吃，也不会死。那是已经断粮好多天的日子了，家里能吃的东西都弄来吃了，山上能吃的草，树叶也都没有了，青蒿、红子这些要算是最好的山珍了。一个村，一个寨的人都在刨根问底，还有那蕨，它的叶吃完了，挖地三尺刨出蕨根来吃。现在人吃蕨根是把它捣碎，弄出它的淀粉，用淀粉来加工成各种食品。那时候是要把蕨根的全部，磨成粉做粑粑，难吃是难吃点，有的吃就好了。只是最难的事情，是吃这样的蕨根、红子，拉不出屎来，那才是叫人难受。那时候经常可见小孩子撅着屁股，要大人给他一点点地抠出来。到后来，那么多人要吃，蕨根没有了，青蒿、红子也没有了，饿得人要往死里去了。

一天，公婆看着几个饿得没有形的孙子，拿出最后一点青蒿粑粑，那是又黑又干，不知是哪天弄了，放着没有舍得吃的。婆从怀里摸出来，一群孙儿围上，一双双眼睛都在那一点青蒿粑粑上，没有一个上前要，他们知道会有的吃，只是等着。这时候，婆并不急于分给他们，她舀一瓢水，倒在碗里，招手让孩子过来，最小的一个三四岁，一摇一摇地走过去，其他几个也跟着，婆让每一个孩子先喝一碗水，再掰一点青蒿粑粑给他们吃。分到最后的一点点，应该是公婆的了，可最小的那个吃完了，又慢慢地走过来，守在他们脚边，婆含着泪把最后的那一点递给了他。公婆慢慢坐下，婆递了一碗水给公，自己也喝了一碗。看这一群孙子还在屋里等着，不想离开，他们努力地站起来，试着再去屋里找点可吃的东西。

那时候，家里可吃的东西哪里还有啊，那是地里山上找不到吃的了，没办法，只有再找找家里了。一会，他们在床下老角角，发现一个坛子，一推，重重的，里面肯定有东西，那一定是可吃的。两个老人一下兴奋起来，趴在地上，吃力地把它弄出来。坛子外面是一层灰，一层霉。公用衣袖扫了扫上面的灰，说，‘这不是我们前年做的糟辣椒吗，那年辣椒好，做了好几坛，这一坛跑在这里面，忘了，没有发现它，现在我们可有吃的了，度过这个冬，开春了就好办了。我准备过两天去后院坡上种点荞子，要不了两个月，就可以有荞粑粑吃。再种些牛皮菜，那是好东西，长得快，一两片叶子就又可以做一碗，我们有救了。'他们说得很幸福，准备去叫那一群孙子进来给他们吃一点点。婆说，'不叫他们，这点东西也要慢慢吃，一下给他们吃了，后面的日子又怎么过。'公觉得有道理，不叫他们，以后的每一天吃一点，可以拖些日子。这是糟辣椒，应该怎样吃，两个老的商量着，最后决定还是一天两瓢糟辣椒，把它做成汤，好吃又能顶事。

商量好了，两个老人最后决定，自己还是先吃一点，已经是饿得不知道饿了，只觉得迈不动脚。他们颤巍巍地解开坛子上面的封口，一股酸霉味冲出来，他们还是迫不及待地凑上看，里面黑黢黢的，也看不清楚。婆伸手进去抓了一把，稀稀的，真是糟辣椒，只是糟辣椒的红色基本没有了，乌黑上有一层白。'这是坏了。'婆说。'坏了也应该能吃的。'公在一边说。两个老人说着，就抓着吃起来。没吃两口，婆说，'不行，老头子，我肚子痛。''我也痛了，如刀绞。'话还没说完，两个老人倒在地上滚。外面的孙子们听到动静，进屋一看，两个老人在地上滚成一团，吓得他们嗷嗷叫，大的哭着，跑去叫来大人。大人们来了，两个老人讲着刚才的事情，说着说着，就不行了。"

听爸爸说这事，我很难过，一直就不明白，那时候，怎么会就没有吃的呢，公婆他们当时要有一口青蒿饭有多好。

三

上山下乡知识青年的时候，也有青蒿事。我们下乡那里是高山地区，天高地寒。山上的树木，都没有了。有的是一个个方桌一样大的树桩，我们叫圪兜。山上还有的就是黄泥巴，也不爱长庄稼。苞谷长得就拳头大，我们叫它"鸡脑壳"。说是这样的土壤适宜茶树的生长，于是那里办起了茶场。

高中毕业，响应号召，知识青年到农村去，接受贫下中农再教育。农村是一个广阔的天地，在那里是可以大有作为的。我们七八个十七八岁的热血青年，来到这个茶场，我们是第一批，第二年前后又来了七八个。

说是茶场，能见到茶树的就几亩。其他的都在规划之中。我们的劳动，关于茶的事情没有多少，更多的是做一些养活自己，生存发展的事情。其中，最现实的问题就是要吃饭，吃饭要解决的首要问题是燃料。这地方没有发现煤，煤要从外面拉进来，那很贵，我们烧不起，哪来那个钱呢。燃料问题，就是柴火，山上的柴火也不多，要到很远的地方去砍，一天就只能弄一趟，还要起早贪黑。我们住的山上，有的就是灌木，这里面也有半人高的青蒿，在夏秋两季，可砍来烧了驱蚊子。平时只能砍一点丫丫柴，用来引火。不过丫丫柴下面，是那好大好大的圪兜，那是砍伐了参天大树后的树桩，把它刨起来，煮饭烤火就靠它了。

到了茶场，都在场长的带领下劳动。场长带着我们七八个知青，首先要做的，就是"打圪兜"，把圪兜从地里挖起来，我们说，这就是刨根问底。每天，个人的任务是规定好的，完不成任务公分被扣，大家都担心，怕完不成任务。只有跟着场长，在他帮助下才能完成。

场长带着我们，望着现在这一个又一个的圪兜，说："小时候，这山我们一般是不敢来的。那时候是深山老林，上面的树，基本上都是要一两个人才能合抱的大树，常有'野物子'出没。"他说的野物子，指的是狼、野猪什么的。在大炼钢铁那些年，我也跟着大人一起来这山上砍树，砍来大炼钢铁了。没两年，慢慢地就砍完了。炼出一堆钢疙瘩，山上留下的就只有这些树圪兜。现在我们只能把它刨出来，烧火煮饭，还要准备一些冬天烤火用，这里的冬天冷死人了。

这些生在地下几百年上千年的老树桩子，要把它们从地里刨出来很不容易，根深蒂固。场长一边示范一边说："要把树根的土挖掉，全面掏空，泥巴一点点抠出来，根须全部亮出来。再从四面，一条根一条根地砍，先用斧头砍在外圈的根，到最里面，下面的根斧头是砍不上了，那就得用锄头，对着根部挖。"说着场长丢了斧头，拿起那用得雪亮雪亮的锄头，往掌心吐点口水，稳稳地拿着锄头，挥起，再对准下面的老根，用力一下，只听见，"咔"，清脆的一声，主根断了。大家上前一起推，这个老圪兜出土了。

我们开始的时候要想独自打出这样的圪兜是很难的，必须有场长的帮助指导，才能完成。一个力气好的男同学，对着一个圪兜挖得差不多，正在较劲最后的几个根，它们长在底部，又粗又硬，周围都挖出了好宽一个坑，斧头这时候不好使了，砍不着。他跑到那场长那里，要了那把雪亮雪亮的锄头，学着场长的姿势，对准圪兜，一下、一下挖。还真给力，最粗的根就快砍断了。他是我们中间第一个独自打下这样大的圪兜的，难免有些激动。就是这根最主要的根一断，这个圪兜，就翻兜了，大家都围过来，为他叫好。见大家看着，吼着，他也很有点表现的样子，挖得特别卖力，就是最后的一断了。一锄头下去，根轻轻地就断了，锄头上的力气还满满，惯性让锄头朝他顺势而来，他身体一让，锄头正好从他的左腿上晃过。正是夏天，就一条单裤。这下，肯定伤着了。他一撩开裤脚，腿上一条白口子，如红嘴唇翻着露出白牙，一下，鲜血汩汩流出来。大家都蒙了，不知道该怎么办。茶场是红药水这样的东西都没有，都必须去区里的医院，那要走十多里山路，一时也解决不了问题。

只见场长不知什么时候，已经找来了一大把青蒿叶子，放在嘴里嚼，他急促地摆弄着牙齿，那青绿色的浆液从他的嘴角溢出。大家焦急地看着，不知道他要干什么。只见他把嚼烂了的青蒿，吐在手里，一把盖在那冒着血的伤口上。他上下捏了捏伤腿，"说，还好，没伤着骨头，忍着点，不要紧的，青蒿能止住血，又能清火消肿，管用。你们年轻，几天就没事了。"说完，扯了一块腰带给他包扎好。没有几天这个知青的腿伤好了。现在我们知青聚在一起时，谈到当年，谈到场长，就会想起青蒿。

最近一段时间，青蒿，一下众所周知，那是因为获得 2015 年的诺贝尔医学化学奖的中国科学家屠呦呦，以她为代表的中国科学家成功用青蒿提取了青蒿素，治疗疟疾，为世界的医药事业做出了贡献。

青蒿，我为你感动着！

吃货的记忆

每个人都有那么一两句儿时最熟悉的语言，可能是一首儿歌，也可能就是个顺口溜，可是那正是儿时的某一种记忆，让人永远不会忘记，时时在耳边响起，美好的画面也油然而生。

我最能记住的，是儿时调皮捣蛋的一首儿歌：

"癞子癞，会打牌，半夜三更不回来，鸡一叫，狗一嗷，癞子回来了，烧粑粑，熬油茶，癞子吃了一定生头发，生一根，落一根，癞子落个光卟卟。"

这里的"烧粑粑，熬油茶"，是当时最好的东西，希望头上长疮的人能好，油茶吃了是不是就能把"癞子"头上的疮治好，那倒不一定，可它是好吃的，最让人羡慕的东西。

这首儿歌，记载了儿时生活的地方黔北务川的生活习俗。那地方吃油茶，应该是仡佬族的生活习惯。七八岁的时候，我们一家从贵阳到务川，刚到时对这种饮食文化，不太接受，特别是那油茶，黑黑乎乎的，又苦又涩，还要一碗碗地喝，是难拿下。随着时间进程，在那地方，不管走到哪家，都有吃油茶餐，慢慢地也接受了，这是一种饮食文化的同化。这种饮食的趋同，一旦形成就难以忘掉，直到现在，还把吃上一碗地道的务川油茶，吃上一口麻饼和酥食作为最好的享受。

务川当地流传一句话：熬油茶，打粑粑。这是对务川年节气氛一言以蔽之的描述。不要看这短短一句话，包含的内容却是十分丰富的。

熬油茶，那是在接待贵宾，庆祝节日时，必须有的。务川仡佬族油茶是极具地域特征的一种茶汤，早晚喝油茶，一种饮茶烹调方式，主要原料的茶叶采自本地茶树，其中又以务川本地大树茶为佳。普通茶道不是"泡"，就是"煮"，务川仡佬族油茶是"熬"。

2016年11月，首届中国金牌旅游小吃颁奖礼在北京举行。200个地方小吃摘得"金牌"，贵州夺金的有4种小吃：赵老五黄粑、青岩糕粑稀饭、务川仡佬油茶和遵义肖家豆花面。我为务川仡佬油茶点赞。

熬油茶，这里面不但有丰富的物质内涵，还有深厚的文化意义，它代表了一个地方的礼仪节庆传统文化。

务川油茶，一种饮茶烹调方式，所用的茶叶是当地的高山大叶茶，不是一般茶叶能替代的。当地一般把这种茶叫老鹰茶。这种茶叶的形状，也有些近似于贵州其他地方的大叶苦丁茶。一般普通冲熬，有一种苦凉清甜的味道，非常解暑止渴。

逢到贵宾来临或者节日礼庆，那就要抓一把老鹰茶，放到铁锅内，用油炒制。在炒茶叶之前，先把黄豆、花生、芝麻、葵花籽、糯米等用油炒香，再放茶叶一起炒，炒到香透，然后加一点水，边熬边用大木瓢在锅里面磨，一直到把这些至香的东西磨成糊状，如能够加腊肉骨头之类那更是香，然后加水烧熬，一锅油茶就算是制成了。讲究一点的人家，或者尊贵一点的客人，还要在熬好的油茶里放上炸鸡蛋和脆油渣，再盛上桌。这一碗油茶，简直至香至美。

油茶制好后，不是单纯地喝茶，还要饮茶吃点心。油茶的佐茶点心，十分丰富讲究，那是务川的节庆和接待文化。一般的佐茶点心，最著名的有酥食、麻饼、米花、米叶、脆皮、红帽子粑、甜泡粑、麻糖，等等。

它们的做法各有讲究：

酥食，一种压制成各种动物、花卉、果实、古代人物形状或者带寿字万字圆形的甜米糕，如果米糕内夹有芝麻花生黄豆白糖舂磨的馅，务川称为包心酥食。讲究人家，大多为包心酥食。

麻饼，实际上是加上大量芝麻花生核桃的一种米花糖，但比一般米花糖压制得紧一些，因此也要比一般米花糖更香甜有嚼头。

米花，用糯米蒸熟做成梅花、桃花形状，染上食物颜色，一般多是红黄绿蓝几种色调，稍微压瘪，吃的时候用油炸脆。米叶，做法与米花完全一样，只是造型做成树叶的形状。脆皮，切成各种形状的糍粑，染色，放在热河沙里面炒，炒得皮脆里酥，嚼来香酥软糯。

红帽子粑，实际上是一种包了馅，做成窝头形状的二块粑。馅一般是肉末豆腐干和红豆沙两种。务川红帽子粑，糯而不稀，干而软绵，生的蒸熟即食，熟的用炭火火钳烤热而食。

甜泡粑，简单地说，就是蒸成一小圆个小圆个的籼米发糕，蒸好后，用筷子头点上几颗红色小圆点，显得格外精致。甜泡粑也是蒸熟即食，而如果是已经蒸熟现成的，也是用炭火火钳烤热而食，更显风味。

麻糖就是饴糖，用上好玉米熬制拉扯而制成，就是贵阳的叮叮糖。砍成一块块的小三角，放在黄豆面里，一点也不粘手。

再有就是花生核桃之类干果了。

而如果是平常日子，很多务川人兴之所至，也会熬油茶吃，这时的佐茶食品，除了花生，主要是炒玉米花了，务川玉米花，酥而不开花，脆而易嚼，所以务川人不叫玉米花，而称为"苞谷泡"——其实，黔北遵义，玉米花都是酥而不开花，闻名于世，著名品牌叫"不丢手"。另外就是蒸红薯，务川称之为红苕。平常日子，家境不富裕的人家，熬制油茶，简单一点，就是大叶茶、糯米、黄豆炒磨即可，家中实在清贫的，有时连黄豆也免了，但油茶不能不熬。

过去，油茶是务川人过年过节待客的家庭享受，随着市场经济的发展，油茶已经成为务川风味小吃店的招牌饮点，入夜，万籁俱寂之时，你乘夜闲逛务川城，就会看见，一家家油茶点心店，正灯火通明，霓虹掩映，这些店，一直开到凌晨！为仡佬之乡古城增添不少文化氛围。

"熬油茶"的佐茶点心，那样的丰盛繁复，那时过年过节，这样一些点心，家家都是自己亲自制作。年关前一个月，家家就泡糯米，上蒸笼，推磨舂碓，机杵之声，满城可闻。

家境稍微宽裕的人家，孩子们早在新年一个月前，就穿上了新衣，大人忙着整制各种点心粑粑，呼朋唤友，交流心得，孩子们房前房后，山上山下乱跑，鞭炮声早已不绝于耳。

忙完了腊月，家家年货齐备，除夕之夜，务川城里，万人空巷，满城百姓，穿新衣、戴新帽、登新鞋，去观看飞龙舞狮、铁铧烟火，人未睡下，天已通明。早上，刚刚吃过鸡肉汤煮米粉，外面咚咚锵锵，拜年的花灯队伍，已经来到各家各户门前，男扇女帕，念唱歌舞，祝福新年大吉，你得赶快把红包或者礼袋准备好，交给花灯领队，祈得一年吉祥平安！

虎耳草

现在的人，都知道健康第一，注意锻炼身体。锻炼身体的形式很多，走路为先。吃过晚饭出来散步，小区不够大，走到街边人行道上，沿人行道走，路边有各式小摊，卖些时尚小物件、花、小金鱼，好不热闹。一老人，一小推车，上面放着些小花盆，各式多肉植物。小车上有两盆虎耳草，叶子形如虎耳，茸茸的毛色透出青绿，枣红的茎托起一片片叶，茎间红丝线般的垂钓上，又是一朵小小的虎耳，如芙蓉，生命虽小，形式不变，更为可爱。就因为它的这种垂钓，又被称为"金线吊芙蓉"。我向来喜欢虎耳草，毫不犹豫地买了一盆。回家后好生侍候。

我对虎耳草，有特别的感情。那是在"文革"时期，我还不到十岁。那些年月，家里吃的问题难解决。每年都要到乡下外婆家过年，主要是那里，能买一点黑市猪肉，熬成油带回家，那是一家人一年吃的油。那时学校不上课，学生当然也不用上学。

我们过完年，开春了，还在外婆家。农村地里长的东西，能种，也就有点吃的。春暖花开的季节，我们满山遍野跑。花开时节小孩子容易过敏，我身上出现许多红疙瘩，痒得难受。外婆说那是水土不服。那时候没有什么药，乡下人好像从不去什么医院，有什么毛病自己弄点草草药吃。

外婆看我身上遍布的红疙瘩说，不要紧，我给你吃点草草药就会好的。

外婆家在南方一个富饶的乡下，小地名是尧上，芭蕉园，水井湾。尧上，一个寨子的人，多在芭蕉园的水井湾挑水吃。这口井不大，水深。井沿边，水从石上滴过，虎耳草紧贴着石缝茂密地生长。外婆家就在井边，架好锅，才从井里舀瓢水放锅里，水井就是她家的水缸。这对住在坡脚的人家，到坝上田里挑水吃的人来说，那可真是奢侈。

外婆见我痒得难受，站在井台上，折了一把虎耳草，在井边轻轻漂洗，拿回来细细切，加上两个鸡蛋，拌和，油煎了，她双手在围裙上擦了擦，把虎耳草煎鸡蛋递给我说，赶快趁热吃，吃了身上那些疙瘩就好了。我接过，闻了闻，好香。尝一点，煎鸡蛋味兼一点草香，好吃。连着吃了好几天，哎？那些红疙瘩好了。不知道是不是虎耳草煎鸡蛋的关系，不过在那个时代，能连续几天都有鸡蛋吃，是没有过的，让人一辈子记住，那美味，现在想起来，什么样好吃东西都不及。

后来了解到虎耳草：多年生常绿小草本。生于阴湿处及石隙间。匍匐茎红紫色，往往顶端生长幼株。叶通常数片丛生，有长柄；叶片圆形或肾形，肉质而厚，表面及边缘密生长柔毛，沿脉处有时有白色斑纹，背面和叶柄紫红色。夏季开花，清热凉血，解毒。在看到这段资料的时候，第一个感觉就是，小时候外婆给我吃虎耳草炒鸡蛋，消除身上的过敏是有道理的。

上大学时，读到沈从文的小说《边城》，在小说里面，多次出现虎耳草的情节，因为有小时候的虎耳草情结，对此就特别关注。小说中，第一次作者写道："翠翠不能忘记祖父所说的事情，梦中灵魂为一种美妙歌声浮起来了，仿佛轻轻地在各处飘着，上了白塔，下了菜园，到了船上，又复飞蹿过对山悬崖半腰——去做什么呢？摘虎耳草！白日里拉船时，她仰头望着那些肥大虎耳草已极熟悉。崖壁三五丈高，平时攀折不到手，这时节却可以选顶大的叶子做伞。"这个情节又唤起了我儿时虎耳草的记忆，顿时觉得亲切。沈从文在小说里对虎耳草的描述，象征着翠翠对爱情的憧憬，后来也才知道虎耳草的花语是"真切的爱情"。

这次回老屋，在乙未年正月初三。一大家人开个中巴，热热闹闹的，好一个"还乡团"，又去到尧上，芭蕉园，水井湾外婆家。地名没变，还是那样的有诗意，只是以前的那份热闹没有了，这些老屋里住的只有老的小的，有的人家是大门紧锁，全家在外。外婆家的老屋，记忆中是那样温馨，两个舅舅都有儿有女，夜晚水井湾老屋的煤油灯下，火坑旁，舅舅教我们唱歌，"一个大红苕滚下坡"，歌声笑声，还有外婆舅娘照看弟弟妹妹的吆喝声，好不热闹。日子就这样天天过。现在只有一个老表住着，其他的都走了，搬进城市了。老表的脑筋有点不好用，就他一直在守着这个家。可现在见我们来，也嚷着要出去打工。

走在四十多年前的那条老路上，记忆中的那条路，已找不到了，或许，所有的过往终将远去，眉宇间，青苔长满岁月的悲喜。沧海桑田的字眼阻止不了年复一年更替的痕迹。飘摇中，无法回首。慢慢地承载风、承载雨、承载历史，日月轮转，春秋代序。回转身去，我似乎又听到昔日的犬吠鸡鸣、欢歌笑语……放眼望去，柴扉疲惫，那深处是即将消失的村落。

我寻找着外婆当年的虎耳草。

幺不倒台的"三幺台"

"幺不倒台",在务川的一些地方,意思是,了不得,厉害得很。"三幺台"是黔北的一些地方宴席的一种形式。春节,在县城是最有年味的。我生于贵阳,却长于务川,因此对于务川这个仡佬之乡的很多风俗习惯还记忆犹新。"三幺台",其风味食品众多,饮食方式独特,体现了仡佬族文化,也是中国饮食文化中的一朵"奇葩"。2014 年,仡佬族三幺台习俗被列为国家级非遗代表性项目名录。

过年过节,远方之贵客临门,务川待客之礼,就是那充满地域文化风情的"三幺台"之宴了。"幺台",就是结束的意思,"三幺台",就是说待客宴席非经三道程序,是不能结束的。

春节有机会又一次感受"三幺台",那氛围,让整个春节的年味都浓浓的,至今留着。

正月初三,在务川出门拜年,到了老朋友家,拜年的吉利话还没有说完,老朋友就邀请坐上宴席。只听着喊,"来了,来了,第一台,油茶点心",我知道"三幺台"开始了。这是茶席,务川的油茶,用的是高山大叶茶,务川著名前辈、作家寿生先生有诗句,"合抱乌龙大叶茶,高山儿女会当家",描写的就是这种茶叶。当地一般把这种茶叫老鹰茶。这种茶叶的形制，也有些近似于贵州其他地方的大叶苦丁茶，有一种苦凉清甜的味道。油茶每人一碗，接着就是九盘佐茶糕点。

佐茶点心，十分丰富讲究，一样样次第而上。酥食，一种压制成各种动物、花卉、果实、古代人物形状的，带寿字万字圆形的甜米糕。麻饼，实际上是加上大量芝麻花生核桃的一种米花糖。米花，用糯米蒸熟做成梅花、桃花形状，染上食物颜色，用油炸脆。米叶，做法与米花完全一样，只是造型做成树叶的形状，脆皮，切成各种形状颜色的糍粑，放在热河沙里面炒，炒得皮脆里酥，嚼来香酥软糯。红帽子粑，一种包了馅，做成窝头形状，里面是肉末豆腐干和红豆沙两种。哈哈，还有红帽子粑，糯而不稀，干而软绵。甜泡粑，蒸成一个圆圆的籼米发糕，上面一个小红点，如观音眉心的那颗痣，显得格外精致。麻糖，就是贵阳的叮叮糖，砍成一块块的小三角，放在黄豆面里，一点也不粘手。此外，就是花生核桃板栗之类干果了。

在每一种都尝一点，正准备再次进攻的时候，主人家小妹儿，上来三下两下地全收下去了。

"第二台，来了！"这是酒席。朋友告诉我，讲究的人家一定要是自己家酿的酒。佐酒冷盘、九盘卤肉、腊肠、卤豆腐干、猪尾、脆耳、炸花生米之类，一定上满九盘之数。在第二台上，我有经验了，抓紧吃我最喜欢的，那就是卤猪尾巴，正好它就在我面前，慢慢享用。第二台，用不着每一种都吃，得慢慢品，象征性地喝点酒，有酒席热闹，我欣赏着他们的酒文化。

"第三台，来了！"这是正席，饭席。这一台全热菜，务川人称"九大碗"，肥腊肉、扣肉、夹沙肉、糯米珍珠肉丸子、炸酥肉、回锅肉，而最有特色的是务川的"墩子红烧肉"——务川人称为"樱桃肉"。而樱桃的"樱"字，务川读作"恩"，这与重庆四川相同。它一定讲究肥肉厚实，一块足有小碗大，没有吃肉的海量，就是这一块"墩子肉"，你已经撑得肚腹满胀了！吃肉是我的最爱，大胆地夹了一坨，放在碗里是很敦实，红彤彤亮晶晶的，色香味俱全，我是已经吃不下饭了，只在香香地品尝，这味道悠长的"墩子肉"。

"三幺台"之礼，如要尽兴，你在第一台就会吃撑，第二台就会胀倒，第三台，正是正宴，你早已望菜兴叹了！幸好我还是比较有经验的，每次都悠着点。在务川，以"三幺台"接待贵宾，有讲究，那是上要上得齐，撤要撤得快。客人能够略略品尝到席面风味，即刻撤掉，绝不能让客人在第一、二台，就把肚子填满，第三台上的好吃的，客人没有肚子装，影响了主人家的盛情。

三幺台，幺不倒台，那浓浓的人情味，年味，使人感到那人性的美好，生活的和谐！

儿时记忆的味道

说起罗甸，最著名的还是"蔬菜"，然后才是罗甸玉，火龙果；还有千岛湖，三叠纪贵州滩……

罗甸是一块三叠纪贵州滩之地，多年前，中美地质专家经过三年多的联合考察，确认贵州滩是距今两亿多年前的古代环境沉积，可以直接追溯它如何发生，如何侧向发展、垂向增生、收缩和最后被淹没消亡的过程。国际著名沉积地质学家保罗·伊诺斯认为，这在当前，世界上绝无仅有，具有十分重要的科研价值，是世界罕见的地质科研基地。

能在这世界绝无仅有的土地上走一遭，站在这块神奇的土地上细细聆听史前地球的风声、雨声、浪涛声，回顾人类历史艰难发展的历程，是何等奇妙。

因为高科技，这次到罗甸，走得有些曲折，从贵阳到罗甸，第一次去，就依靠导航，目的地是县里安排的千岛湖大酒店。其结果是，导航把我们导到了老国道上，公路正在扩修，到处是工地，坑洼遍地，黄尘漫天。根据工人的指点，我们倒回高速，先进县城，再去酒店，一路高速，顺利到达。看来，有时，依靠人脑还是比电脑要强。

但，罗甸的蔬菜，之所以著名，倒是科技加人脑的成果。车一直到了龙坪镇县城边，让我奇怪的是，这个蔬菜大县，一路行来却看不见一个蔬菜大棚。一个个馒头山、奶头山，山上是火龙果，山谷间的土地是蔬菜坪。我们至少多走了一个多小时的路，考察了一大圈，却不见大棚，只见露天的蔬菜和火龙果。

入住安稳后，晚饭安排在长寿布依第一农家，一桌丰盛的菜肴，最先吃完的是那盘凉拌黄瓜和清炒茄子。一个朋友说："今天是寒露了，深秋时节，还能吃到这么鲜嫩的黄瓜、茄子，都是大棚蔬菜喽。"座中的罗甸朋友微微一笑说："错了，这里是罗甸，今天的气温是31℃，比贵阳要高10多度，罗甸的蔬菜都是自然生长，一个大温室，纯天然，哪里需要大棚啊。"大家心里释然，一致称赞。

罗甸蔬菜，就是那个味道，就是那个儿时记忆的味道，纯天然的味道。这是大棚蔬菜不能比的。现在全国各地许多地方都有了大棚蔬菜，但这菜和那菜是不能比的。

罗甸蔬菜在贵州闻名遐迩，而我对罗甸蔬菜更多的了解，是从省农科院专家李桂莲那里开始的。2005年，省妇联组织巾帼英雄报告会，我和李桂莲都是报告人。作为农业专家，会上她谈到，20世纪70年代末80年代初，我省农村蔬菜生产非常紧缺，尤其是在春秋淡季，要大量从外地"进口"蔬菜。罗甸这块宝地，春早、夏长、秋迟、冬短，具备"天然温室"气候特征。30年前，她带着二分地的菜种来到这里，只身一人，一蹲就是5年，率先在罗甸建起反季节蔬菜基地，发展罗甸早熟蔬菜，沐风栉雨，深入田野，终于点燃了"罗甸蔬菜"发展的希望。这以后罗甸把"天然温室"气候作为稀缺资源来开发，紧盯冷冬"鲜菜难求"时间差，大力发展早春蔬菜和冬果菜，为解决我省蔬菜生产及发展滞后问题提供了科学依据。我记得李桂莲的一句话，"让全省老百姓有蔬菜吃，有放心吃的蔬菜。"从那以后我对"罗甸蔬菜"就多了几分尊敬。"黔甸牌"早菜如今已打通销售"绿色通道",源源不断运送到贵阳五里冲、武汉白沙洲、北京新发地等大中城市蔬菜批发市场,蔬菜外销占总产量的80%。罗甸因此荣获"全国菜篮子生产先进县""全国早熟蔬菜生产基地县"和"蔬菜百强县"称号,成为中国无公害蔬菜生产基地。

罗甸,这个气候大宝库,农业转型之际,除了蔬菜,还发展水果。因气候适宜,这里是一年四季都盛产水果,罗甸火龙果荣获国际博览会金奖。"长寿之乡"罗甸,有着清新的空气和纯净的水源,地处低纬度地带,雨热同期,农作物纤维素含量低,高海拔地带,昼夜温差大,有利于物质营养成分的积累,造就了纯天然优质蔬菜瓜果。在罗甸百岁老人的村落,人们长期食用的就是这样的蔬菜瓜果。正是这些纯天然的有机食物,构成了人们长寿的重要基因。

当我们车过逢亭乡,公路边一片片绿油油的蔬菜,确实让人喜爱。罗甸文联的朋友告诉我,这就是李桂莲当年种蔬菜的地方,她最早在这里种辣椒,是这里的终身名誉专家。这里现在有三个蔬菜合作社。只见地里的茄子正在收青,茄果是那样的标准,排列得整整齐齐,菜地延伸向远方,连着天际。罗甸朋友指着菜地,笑着说:"这就是你昨天晚上吃的'儿时记忆的味道'……"

真味在哪里

到乡韵庄园去，那里有真味！

走进了乡韵庄园，真味在哪里？

不用寻找，首先，那环境，已经让你有应接不暇之感：那一进园子的一排排根雕，一棵棵银杏树，那一片片花木，一礅礅独特的石头艺术；还有那一栋栋亮丽的黔北建筑，更有建筑里一排排的墨宝，一幅幅的国画，都告诉你，乡韵真味就在其中。

我还看到，遵义县龙坑播雅文艺社的成员在这里聚集，遵义书画家在这里泼墨挥毫，贵州省写作学会的写作基地在这里挂牌，感受风清气爽，蛙鼓声声，能不游目骋怀？看到乡韵庄园的员工竟然举办写作大赛，隆重而轻松的颁奖仪式；还看到一个个后生姑娘拿着纸笔谈笑而过，他们是县乡的文化青年，在这里刚刚结束了一个文学讲座。看到他们儒雅打扮，青春文学，能不会心而笑？

这就是遵义县龙坑乡乡韵旅游文化有限公司的人文乡韵，艺术真味！

乡韵真味，不用说，核心自然在餐桌上。

这里有乡韵庄园独创的"百草园""神韵汤""归真王"等火锅系列，有独特的"每人美"单人火锅，按人们常说的一句话，这里吃的是"色香味俱全"。但，其实要做到这些并不难，现在的好多大酒店都能如此。乡韵庄园"餐桌上的真味"在哪里呢？那就是现代社会最难以保障的原材料！现代生活，人们对吃的要求越来越高，追求的是"色香味俱全"，但让人头疼的却是对原材料越来越没有安全感！

乡韵庄园的真味，就在这里做了一篇大文章。

到了乡韵庄园，吃的是真天然的真味肉，庄园主说得好——"味美归真"，就叫"归真肉"。

吃过了"归真肉"，就去看看"归真肉"所归何处。

归真，归真，归在哪里，远在大山深处！

庄园人带我们坐上越野车，去到他们的生态养殖基地，路可谓险，三十公里路，用了一小时。过了石板镇，来到了大坡山。车在半山路上缓慢地颠簸前行，山下一边是乐明河，另一边是偏岩河，两河交汇成为乌江支流，水清如黛，向深山远处流去。

庄园人告诉我们，庄园里的车一天最少来这里一次，来这里杀猪宰羊，还不要忘了带上鲜活的鸡和蛋，还有这里的新鲜蔬菜。这里是他们庄园专门的畜禽野养基地。

越野车停在一个土石院坝，我们上了一个野养猪点。那是一片高地，在高地上可以看到三五成群的猪们，在林子做"闲人"，有的还慢悠悠地在土里拱，有的为地下一点什么"高级点心""大打出手"，猪牙乱拱。见了我们，它们视而不见，它们知道我们跟它们没关系。庄园人用手机叫来几个饲养的人。饲养人一到，猪们一听到他们的声音，有些疑惑，走走又看看，好像在说，没到开饭时间，你们干什么？但饲养人一呼喊："啊吁！"也就几分钟的时间，四面的林子里，石丛中蹿出来了几十上百头猪，围着饲养人乱转。我在路边捡了一片菜叶子，丢了去，它们抢得好热烈。

饲养人告诉我们，畜禽野养基地，养猪羊养鸡，分为好多个点，由专人看管。说着他还特别讲了一个经典故事：在野养基地开设不久，一只最漂亮的黑母鸡，好多天看不到了，饲养人还认为它是在哪里发生了意外，结果一天它带着十多只小鸡，一摇一摇地来喂食点要吃的，一时传为佳话。后来这样的事常常发生，竟成为不足为奇的事了。

饲养人告诉我们，这些猪已经喂了两年了，现在还有一百多头，都是三百斤左右。一般人家喂的猪，半年就可出栏，那是催肥的。而在这里野养的猪，两年才宰杀，那是在山野里慢慢地养出来的。野养基地有个说法是，家猪野养，还原生态。这里的猪都是从小放在山上，一年三百六十五天满山逛，吃睡都自由。每天早晚喂两次食，猪们从四山赶回来，喂的是野菜生蔬，原生玉米。这样的猪，吃的是中草药，喝的是山泉水，跳的是迪斯科，身体健康从不生病。如此长出来的肉源，真是返璞归真的原生态。

猪们，还在不停地前前后后地看着饲养人，饲养人觉得，唤它们回来，又不到喂食时间，有点对不起它们，于是从围栏边上的树丛上砍了一些绿树丫和藤蔓，丢过去，猪们嗷嗷地抢得欢，吃得香。

这样，猪们靠吃这些自然的东西养肥，按它们自己生长的规律长大，这是真的"返璞归真"。

今天，我们找到了真味！

就在这大山里，在这自由的天地间！

第二章
邂逅北极光

松花江在晚霞的辉映下美不胜收，远处的夕阳通红，江上霞光斑斑驳驳，江边石梯上一对恋人的头靠得越来越近；斯大林公园一角，一圈人，正听人摆着"夜幕下的哈尔滨"；远处高高的白桦林下，传来手风琴悠扬的歌声——松花江水波连波，浪花里吹出欢乐的歌……

邂逅北极光

据说中国极北的夜空会出现令人心神皆醉的北极光，它神秘、奇幻、绚丽，目睹者惊叹，一种终生难忘的体验。而最有机会邂逅极光之地，是"神州北极"漠河。

漠河本是林场小镇，1987 年大兴安岭森林大火中遭夷为平地，经 20 多年重建，这座在废墟上重新站立起来的新城，已赢得"金鸡冠上之璀璨明珠"的美誉。这场大火的经历，在漠河"五·六"火灾纪念馆里有清楚的记载。某一家人，火灾时拒绝逃离家园而躲进地窖，结果全家罹难在地窖；大风夹带着火球，掉到哪里，哪里就燃起熊熊烈火；有的上了卡车，开车逃火，挤不上卡车的，往河边跑，跳到河里的得救了，许多许多跑不出来的，湮没在火海中……

火灾纪念馆旁有片"幸存"的原始松林，四面都是现代化的城市房屋，就独有这一块地，保存着茂密的原始松林，在那场毁灭全城的大火下，保存下来，这是一个奇妙的现象。如今为"松苑"纪念公园。人们认为它是吉祥之地，来参观火灾纪念馆的人，都要到这里来拜访。公园里，现在主要生长的就两种松树，一是樟子松，皮红褐，叶针子，二针一束，冬不落叶，常年青翠，被誉为"兴安岭美人松"；二是落叶松，它占了大兴安岭森林的 72%，因之大兴安岭有"落叶松故乡"之称。

县城中央大街一端的西山公园，是全城最高点，眺望县城全景，观赏晚霞的最佳点。公园的标志北极星雕塑，很有创意，一只展翅欲飞的天鹅，一只引吭高歌的金鸡，挺拔入云，顶端是一颗北极星，意为"金鸡之冠，天鹅之首"漠河，祖国北陲边疆上的一颗璀璨明珠。重建的县城充满北国情调，处处呈现俄罗斯风味，色彩鲜艳，给这最北县城带来活力。

当绚丽多变的晚霞渐渐隐没，便是守候北极光时刻，边陲小镇入夜寂静无声，天色始终没尽黑，四望一片苍茫，祈盼北极光的出现。璀璨北极光，还没出现，离天亮还有一段漫长的时间，等待，等待，迟子建的小说《北极光》里面有多少这种期盼的心情。

天亮，慢慢地睁开了眼睛，轻纱般的晨雾，云烟缭绕、飘飘浮浮、弥漫山间、似动似凝、生动活跃，就像一湾春水绿波，生命这样的鲜活。漠河的早晨，静得无声无息，街道少有人行，一挂马拉车过，传来"嗒、嗒、嗒"的清脆蹄声，那是一种童话梦境般的宁静。小城的那份美丽、温柔和恬静，让人醉。

清晨在小城散步，途径农贸市场，各种野生浆果数不胜数，多叫不上名字，最多的是野生蓝莓，每斤 20 多元。卖草莓的小伙子热情地给我介绍：蓝莓，即山笃斯果，是地球上最古老的水果之一，含有大量的花青素和抗氧化成分，常食用有利于增强视力、防止皮肤皱纹的提早生成、防止脑神经老化、软化血管、增强人体免疫等功效。我笑笑说，要能天天吃，那就最好。

在小城，领悟了安逸生活，既生活在城市，又能如隐居般，享受心灵的悠闲自在。

大兴安岭森林中浆果很多，8 月正是采摘浆果的季节，正是漠河之宝蓝莓，成熟采摘的时候。不论走到哪里，都可以看到成群结队进山采摘蓝莓的人群。

漠河县城以北 83 公里便是北极村，车程约一个半钟头，沿途可观赏火灾后播种的新林区，虽无参天古木，但数十里的郁郁葱葱，让人欣慰，这些后来之木，在它们前辈的灰谷上生长成材，吸收了多少前辈的营养换得了今天再生的春光。看着这茂密的松林，不论是"兴安岭美人松"，还是落叶松，都是同时播种生长的，棵棵一般大小，有的还让人感觉整齐划一，那样的规范，它们不仅仅是今后的有用之材，更重要的是无论大小，有它们的存在，才有人的存在空间，是人们生存不可缺少的，它们是地球之肺。看着这几十里葱绿的松树，不觉有些欣慰，在近 20 年的时间里，它们成林了。林间不时看到有提着篮子，背着背篓的少女、老人，他们采蘑菇、摘蓝莓，在林间时隐时现，是一幅人与自然和谐的特殊风景。

途经观音山，瞻仰了来自海南的汉白玉四面观音。车正往胭脂沟李金镛祠堂方向行，突然又转向了，说是那个方向的路塌方，去不了。当地人说：胭脂沟是清末盛极一时的采金场。金矿虽已废弃，淘金活动并未禁绝，幸运者仍能淘获点金沙。其上有李金镛祠堂，在那里下望，黄尘滚滚，有两列古旧木屋，横在烟尘里。黄金为这荒芜小镇带来繁华，现在都没有了。听这样说，大家认为，我们知道有这个情况就行，不看也没有什么，我们关心的是北极光，直奔北极村。

进入北极村，处处都是"最北"二字。最北邮局，最北学校，最北渡头，最北哨站，最北餐厅，最北农家院，最北第一家……甚至最北公厕。

北极村面积不大，全村 16 平方公里，人口近三千，景点都在步行范围之内。村里有电瓶车，载送游人前往各个观光点，根据个人喜好随兴参观，那是为背包客量身打造的旅游模式。

北极广场乃全村中心，矗立着"神州北极"石碑，其后便是黑龙江界河，与对岸俄罗斯遥遥相望。广场左侧有间极富特色的"北极人家"，巨木垒成的餐馆，以鄂伦春族风情为主题，面临的黑龙江，有江上浮台，有人在那品茗，指点江山，畅论古今，联想翩翩。

要寻找最北点，必须到村北的沙洲。沙洲，由北极广场往北步行半小时。走上景色绮丽的木吊桥，绕过玄武广场，一片视野宽广的田野展现眼前。沙洲来回的路多是铺设了木板栈道，两旁野花怒放，香气袭人，有马群悠然踱步草丛间。

夏天的大兴安岭，那是花的天地，火红的芍药，金黄的窄叶锦鸡心儿，紫色的野豌豆，大红雏菊，粉白蝴蝶花，天蓝绣球花，还有好多不知名呢。一株挨着一株，一片连着一片，给人满心的陶醉。

沙洲附近有大片农田，正值麦熟季节，金黄翠绿交相辉映，令人心旷神怡。农田旁是"最北一家"，这里原是乡村广播电视台储藏室，现开发成兼营餐宿的旅游观光点。"最北一家"采用"木刻楞"俄式木结构建筑风格，以巨大原木建成，质感粗糙，以厚重、粗犷取胜，想象中的北大荒应当如此。

由"最北一家"向四周随意漫步，风景处处，那农田深处的寻常百姓人家，时时能捕捉令人惊喜的画面。这里的房屋几乎都是"木刻楞"建筑，房前屋后，盛开着各种花，特别是那朝阳盛开的向日葵，那红彤彤的雏菊，让人享受。推磨的驴马，敏感的梅花鹿，聒噪的鸭群，见了人也露出表情，想要参与到眼前的世界。

宽阔的沙洲上，花木丛中，时时有各式各样的巨石，上面镂刻着种种书体各名家书写的"北"字：从说文解字上的，大小篆书，到王羲之、欧阳修、米芾，康熙乾隆的，我数到的，就有三十多种，可是这里的一大亮点。

在中俄边界的黑龙江畔，有新建的"中国最北点"标志，高高的"北"字雕塑，就在它的脚下。几个人在围着个高倍望远镜，一个老人在那守着，对其观者云，"对面是俄罗斯的岗哨，那面的望远镜，我们也能看得清清楚楚。看看吧，两块钱看一次。"我也在那等着看这一景。

中国诗词里常出现"北望神州"意象，如今切切实实地站立在北纬53度33分的最北坐标，眼前的黑龙江苍苍莽莽，一阵风声江声，南望家园，这时候有种寂寥感觉。

看着望远镜边的老人，向他打听一下北极光的情况，老人说："现在难看到了。"我见到过，但这些年没见着了。他的回答是在我意料之中。在漠河出现的极光，是地球北极发出的极光，人称北极光。北极光虽然一年四季都出现，漠河是中国观测北极光的最佳观测地，而在漠河观测极光，仅在每年夏至前后9天中，而且必须在夜间。白天即使有极光出现，因白天阳光亮度大，极光亮度小，所以白天是看不到极光的。极光虽然是什么时候都有出现的可能，但白夜的极昼现象，不是每年都出现的，能看到的概率是很小的。

老人说："你看北极光不如看眼前的黑龙江，它的两岸的风景多美。我在这里几十年了，就没看够。"

老人的话让我明白一个道理：美景就在眼前，还用得着邂逅北极光？

高棉的秋风

初到高棉

如杏的落日留下余晖，洒在一群刚从飞机上下来的人脸上，那样的光亮。异国情调的机场建筑让人一下兴奋起来，一路风尘悄然不见。这是一种记忆中的图案，不知怎么，总让人想起孟加拉国的风光，也许是因为它们都是佛教国家的原因。柬埔寨95%的人信奉佛教，机场风格主要是佛教国家的形式，情调异然。柬埔寨是一个在东南亚较为落后的国家，是世界上不发达国家之一，经济以农业为主，工业基础贫弱。第一次出国的我，就到柬埔寨这样一个国家。

说到柬埔寨，其实我还算熟悉的，读初中的时候，就唱过的一首歌《怀念中国》。在那除了语录歌革命歌曲以外，有这样一首抒情的歌曲，大家是那样地喜爱，现在已相隔四十多年了，顺口就能唱出来：

啊！亲爱的中国啊！我的心没有变，它永远把你怀念。啊！亲爱的朋友，我们高棉人哪，有了你的支持，就把忧愁驱散。你是一个大国，毫不自私傲慢，待人谦虚有礼，无论大小平等相待。

同行的同龄人一下看着我，说："你唱的这是当年的西哈努克亲王作的歌哈？"这一下，大家有了一段当年的共同记忆！"我们当年从新闻纪录片上看到的外国人，最多的可能就要算他了，西哈努克亲王。""当时有个念头，他好帅哦，可惜矮了！这话现在可以说，当年这样想都是不行的，那是属于党和国家的领导人，那是归于神圣不可侵犯之列的。"大家一路的欢笑。

过海关，按导游的提示，大家都在护照里放了十元人民币，有人没放，说：不放，看他怎么样？结果经办的海关人员在那哇哇说着，示意着，这位仁兄还是摸了十元给他，才过去。在出口处听到几个同机来的大妈们在说，我给了 5 元，我给了 50 元。那感觉是喜怨不一。我们的另一个朋友说："我才不支持他们的这种腐败呢，他哇咔咔，问我要，我说没小的，他也就让我过了！也不是像他们说的那样要让你站在那里一会。"我想中国人还没有给小费的习惯，给点小费应该也是一种文明的标志吧。

出关的通道边有一个个精致的小店，走过一家烟酒店，我仔细观察一下，柜上的烟酒都是外文的，不过有几条鲜红的香烟，上面"中华"二字很醒目。

我们下榻在"微笑酒店"，一个四星级的酒店，感觉最享受的是酒店的游泳池，去游泳的人很少，好像专为我们几个人开的一样，我们不放过这样的享受，吃过晚饭，在旁边的水果市场买点热带水果，这里的水果商都会说一点中文，最关键是会说"姐姐漂亮，买我的水果吧！"水果的价钱和国内差不多，香蕉比较便宜。吃点水果后，慢慢地去宾馆一层游泳池，四面都有热带的植物，其间有休息的躺椅，在清澈碧绿的游泳池里，享受了放松的感觉，躺在舒适的靠床上闭着眼睛深深呼吸，睁开眼睛看月亮星星，最是惬意。

这里的时间和北京时间差一个小时。早上 4 点，就听到几只小公鸡打鸣，让人欣然，在接下来一阵鸟语鸡鸣声中，迎接初升的太阳，高棉的秋风。这里的 5 月~10 月为雨季，11 月~次年 4 月为旱季，我们正赶上旱季开始，一路都是晴好天气。

走出酒店，就是大街，阳光灿烂，街上是一辆辆摩托车，轿车不多，就没有看到公共汽车、出租汽车什么的。这是柬埔寨暹粒省，看起来像国内的比较落后的乡镇。在一辆辆如蝗虫一样飞奔的摩托车两边，走过一群群小学生，他们提着袋子，拿着夹子，在捡街边的垃圾。只见一个眉眼特别，皮肤黑黑的小女孩，从地上捡起一张废纸，追赶着已经走远的提袋子男孩，那样子很认真，他们穿的都是白底蓝边的校服。校服看着有些旧，不过还能看到它本来的颜色。他们不上课？我有些奇怪，当地人说："今天是 10 月 30 日，是我们国家国王的登基纪念日，九年前的今天，诺罗敦·西哈努克的儿子登基。那是在 2004 年 10 月 29 日西哈努克国王再次退位，王子诺罗敦·西哈莫尼继位。"我暗暗高兴，我们今天来得可真是时候，赶上这样的大喜日子，不过街上看不到有什么其他特别的庆祝形式。

高棉的微笑

柬埔寨，最好的地方是辉煌古迹吴哥窟。我们第一站就是大吴哥皇城。第一眼看到它，惊呆了，忙着照相，那感觉是怕晚了，它会消失，仿佛是梦幻。那是记忆中从未有过的东西，巨大的城门是三尊神人的头像组成，人们从城门下通过，是那样的渺小。城墙上一根根巨树，发达的根骨，一个个大小簇拥在一起延伸下地，树是那样肆无忌惮地骑在墙上。两边的护城河宽阔明泽，让人联想到那是密西西比河。它是那样的美丽而让人生畏，只能欣赏不能靠近，河里可有大鳄鱼。

到了巴戎庙，这里有了不起的"高棉微笑"，巨大的石雕，是一块块青石砌的，神像一尊四个脸，嘴角向上，微笑慈祥，一个个脸靠脸，背靠背地林立着，有些森严，像迷宫，一两个人来这里，那是会害怕的。我们从南门进北门出，就有人找不到方向，走迷了路。我们在指定地点等，迷路的人打电话说他们不知道怎么走，语言又不通，正着急呢。大家笑了，有人说，他们是迷在路上，还是迷在"高棉微笑"上？这里的人都喜欢用微笑，我们住的酒店就叫微笑酒店，原来是有出处的。他们八成是让高棉微笑给迷住了。十多分钟后他们来了，同行的其他人有些埋怨，他们笑笑说，不好意思，大家久等，的确是让那个微笑迷着了。

带着"高棉微笑"的美丽和迷人，又走进巴方寺，这是当年皇家寺庙，宽阔的斗象台，展开双臂，拥抱那远方的"十二生肖"。它是十二个如碉堡一样的建筑，不知为什么说是"十二生肖"，不清楚有些什么说法。不过倒是像一队巨大神兵，威风凛凛，在这碧绿的草坪边坚守着。一望如绿海的草坪上，有个农工在打理那绿绿的小草。他的皮肤和草下的泥土一色，衣服也和皮肤一色，让人感到他什么都没穿。他身边的一个小孩是他的缩小版，见到我们小孩慢慢跑过来用一种特别语调的中文问："有没有糖果？"他重复说着这句话，从他的这句奇怪的汉语，让人知道了他的生活。我摸出随身带的两颗糖给他，他没有任何反应地接着。很快我身边响起了一片"有没有糖果""有没有糖果"的声音，这声音还在不断地扩大，我搜索身上所有的口袋找到最后的两颗糖，两颗，和这一片声音是不相当的，这里有一二十个小孩子。我知道这时候这两颗糖是不能拿出来的，分配不均会挑起他们间一场战争。刚才得到糖的那个小孩早已走远。面对这一群小孩，我两手一摊说："没有了，没有了！"小孩们跟着我，喊了一阵，看不到希望转去找新的目标。他们走远了，我把最后的两颗糖拿出来，给了待在那里没走的那个孩子。他很瘦，就跟非洲难民娃娃完全一样，他接过糖，装进小袋子，我发现里面有小半袋了。他不停地说"谢谢"。我问他为什么不吃，他笑笑说："拿回家。"

到了拍《古墓丽影》的城堡。这里是柬埔寨世界遗产地，吴哥塔普伦寺。寺庙的主角是树，这个寺庙的最大特点就是树与建筑融为一体，在这里，让人有种忧虑，这里的树要没了建筑物会不会倒下。当地人所称的"蛇树精"卡波克（Kapok），盘踞了整个寺庙，它们粗壮发亮的根茎无处不在，像巨蟒般绕过梁柱，骑上墙，盘绕屋檐，裹住门窗，探入石缝，树与建筑完全融为一体，庞大的树根牢牢地抓住庙宇，树成了此地的主人，它们的身体、手臂、腿脚无所不在，任意地伸展，深刻感受到，在大自然面前人是多么的渺小。

19 世纪发现这群庙山，大面积地被树根茎干盘结，只能进行局部的修整，现在崩落毁损的情况日趋严重，目前只剩下内层的围墙。塔普伦庙的建造，高棉史上最伟大的国王加亚华尔曼七世在 1186 年，为自己母亲修建的寺庙，又称"母庙"，尊奉婆罗门教和佛教，当年它是一所拥有高僧、祭司、舞女，具有庙宇和修院双重功用的神殿。对塔普伦寺的震撼，不是建筑的精美，也不是历史的回眸，那是大自然的力量。

巴肯山观落日

巴肯山观落日。巴肯山，说是山其实就是一个巨大的土堆，在一个四面空旷的地方有这样一个百多米高的土堆，足显它的霸气，它的神圣，它是吴哥时期的祭祀坛。

沿着迷迷糊糊的树林走上一条缓坡，缓坡就如一条腰带在山间缓缓展开。路面是新黄沙土，好像是刚洒的黄沙。同行人说，这是在表示是新开的路，在我国老的习惯，新路一般都是要高官贵宾踩，不知这里是否也是有这层意思。

用不到半小时，我们上到顶。顶端是一石坛，要顺着那近乎90度的梯子爬上去。说是这样修建是为了表示人对神的崇拜，无论是谁到了这里，都要五体投地爬上去。现在两边修了扶栏，为了游人的安全。我们在下面比试着，工作人员看着我们几个，说能上去吗？我们说，对贵州来的人这算什么？你看我们的。

这时候工作人员叫住前面几个穿背心的外国的年轻人，用英语对他们说着，他们从包里提出外衣向着那几个工作人员示意，工作人员点头说："Yes!"他们很快穿上，才上石台阶。我们这一队的人可是早就按照要求穿着，没有衣冠不整的，大家很快爬上去。

上到顶，是两层大平台，四面角都有这里的典型建筑形式，那就是巨型的雄性生殖器官，直指高天，很有霸气。上层中间是一正方石间，说这里是宇宙的中心，在这里可以和上天通话。里面有香火，应该是有人来通话时敬的香。站在顶上远处的大吴哥、小吴哥，洞里沙湖尽收眼底。

看日出时间还早嘞，太阳刚刚偏西。大家都找一个最佳位置准备好。背阴处坐了好多人，两个外国年轻人拿着本书在看，我想这时候就显示出文化的差异来，我们的人多在神侃，有的在玩手机。随时随地读书的习惯可不是一两天能够养成的。这个问题对我们民族是很重要的。我们的文明不如人家就要学。我也摸出ipad，看着电子书《逃离》，这是获得诺贝尔文学奖的加拿大作家爱丽丝·门罗的短篇小说集，她聚焦平凡女性生活。我被书上的意境所感动：逃离，或许是旧的结束，或许是新的开始，或许只是一些微不足道的瞬间，就像看戏路上放松的脚步，就像午后窗边怅然的向往。

这时候，听到有说话的声音，在我一边的两个外国老人，不知道在说什么，他们美好的画面把我吸引。老太太在前面，老头紧贴着站在老太太后面，老头一双手在老太太的两肩上，老太太把一双手放在老头的手上，是那样的亲切自然。这是多么可爱的一对老人，和西下的夕阳合成了一幅美丽的画面。周围的人很多，大家都保持着一定的距离，以示安全和礼貌。俩老人包放在地上，轻松地站着，一直关注着那慢慢西下的太阳。夕阳映在他们的脸上，红红的，映出他们一脸的幸福，一生的幸福。看着大家不断以各种现代化手段，留下夕阳美好时光。我把 ipad 调到照相功能，转过脸看着就要掉到地平线的夕阳，对准太阳。一对青年男女小声地说："就在同一个位置，十分钟照一次，直到最后。回去播放出来，就有动画片的感觉！"我不自觉地也用了十分钟照一次手法，准备回去也搞一个动画的效果。

夕阳下去了，就在那一刻，有一丝凉过心，旁边的两位老人却激动地鼓起掌来。我想这也许就是东西方文化的不同吧！

洞里萨湖

在柬埔寨暹粒省，距辉煌古迹吴哥窟以南 20 多公里，是东南亚最大的湖泊——洞里萨湖（金边湖）。高棉语中，"洞里"是海，"萨"是淡水。洞里萨湖号称是柬埔寨人的生命之湖。在低水位时，湖面约 2000 平方公里，每年 7 至 11 月湄公河涨水，河水倒灌入湖，湖水面积阔达近万平方公里。通过洞里萨河同湄公河相连，是湄公河的天然蓄水池。每年枯水季节，湖水经洞里萨河流入湄公河，补充了湄公河水量的不足，每当雨季来临，湄公河暴涨之时，汹涌的河水又经洞里萨河倒灌入湖中，从而减轻了湄公河下游的泛滥。这是大自然的一种自我调节。这里自然资源丰富，特别是湿地生物。

最吸引人的便是水上人家。渐近湖区，两边的住房依湖而建，极具民族特色，依然是那种高脚屋形式，屋面呈红色坡顶，有装修豪华的，外墙有着华丽的雕饰，楼下停有汽车，多数是那些简陋不堪的，与其说是房子，还不如说是一个窝棚，底层一般作为商铺，卖一些日用品，食品之类，显得非常杂乱，远处湖水，看着倒也干净，空气清新。车到游船码头，一眼望去是一条长长的河道，湖水泛黄，岸两边停着小船，密密麻麻，船简陋破旧。

柬埔寨人介绍，洞里萨湖的水上人家是个历史遗留问题，也是柬越战争的后遗症。洞里萨湖的水上人家以越南裔为主，在红色高棉时期，曾经协助推翻了柬共的统治，也是有功之臣。柬越战争结束后，柬埔寨政府不准许洞里萨湖水上人家的船民上岸，将其集体驱逐出境返回越南，越南政府也不允许这些船民在越南，又将他们赶回柬埔寨，就这样越南船民又回到洞里萨湖。柬埔寨政府也没办法，规定越南船民不准许上岸生活，只能上岸购物等短暂停留，越南船民一家一户一艘船，条件好的两艘或大一点的船。船上人家随雨季和旱季的轮换，改变系泊地点，漂泊在洞里萨湖。

在洞里萨湖的水上人家，他们生活在湖边，到了雨季就变成生活在水中了。一般人家都靠小小的船维持生活，大人和孩子六七个，就生活在面积不到 20 平方米的小船里。湖边的小船一个接一个，这里就是一个独立的小世界，这里有教堂、学校、派出所和水上商店，外面现代化的生活用品这里大多也有。除了打鱼，随着旅游业的发展，旅游收入也成为当地生活一大来源。小孩子们常围着游客，游客也不时给孩子点小钱、小东西，有的带来笔，书本什么的。

我们的船靠近他们的房船，船房的屋内几乎没有什么装饰，没有一般家庭的床，有吊床，有人席地而坐，有人躺在吊床上安然入睡，有一群人围坐聊天。房船周围还布置些花草。湖面一些小船穿梭而行，小而速度快的是那些流动的商贩，有几个孩子划着塑料盆，他们的这个交通工具不错，一人一个塑料盆在湖面上自由地滑行、玩耍，当有游船停靠时，便飞速地划来乞讨。

在行驶途中，我们船家的两个小男孩，一大一小，应该都是上学的年龄了，走到我们背后，一个个的给人敲背，掐脖子按摩服务，虽不专业，做得很认真。受服务的人都给他们一点小费，一千瑞尔，兑换人民币也就两块钱，有的人还要给两块糖果。小孩子敲到了我的背后，没让他敲两下，我赶快摸出钱给他，意思是让他拿上钱就走，有更多的时间服务赚钱。没想到他还是认真地敲，要把他的时间敲够，看来他有自己的规矩，还不是随便要钱的。

水上人家，俨然似一个小的水上城镇，有窝棚一样栖身的小船，也有像住家一样的大船，有餐厅，有商店，我们停靠的商店上，物品俱全，网中养着鲜灵活跳的鱼，还有十余条鳄鱼懒洋洋惬意地在阳光下享受着日光浴。我转了一圈，没什么好买的，买了三幅他们自制的简易油画，画的是水上人家的生活，也算是给他们一点支持吧。经过水上学校，那是几艘大船首尾一起而成的，船舱内书声琅琅，甲板上有小孩嬉戏，有游船经过，便挥手致意。

出了河道前面是一望无际的水域，宽阔的湖面，波浪翻滚，游船只能往回走了，开出去就是宽阔无边的海面。烟波浩渺，其宽阔无与伦比。有人说，在飞机上，看到一片浑浊黄色的水域，极其宽阔，仿佛整个暹粒都泡在水域之中，那就是洞里萨湖，现在算是感受到了。

回来的路上，大家议论着，这里的人口快速增长，百分之五十的居民在贫困线以下，许多人没有陆地居所，全部生活在水上，完全依赖于渔业来生存，居民的生活用水，排泄物，垃圾全部直接在湖中，湖水严重污染，是令人担忧的事情。

涅槃的麦秸

听潮涨了，

听潮涨了，

死了的光明更生了。

春潮涨了，

春潮涨了，

死了的宇宙更生了。

生潮涨了，

生潮涨了，

死了的凤凰更生了。

——郭沫若《凤凰涅槃》

去山东高唐，那里有个泉林集团。

在高唐土地上，我们看到那似海如山的麦秸。

麦秸，这些普通的麦秸，这些在北方遍地可见的麦秸，它们在泉林集团的秸秆综合利用中得到重生，就像那凤凰涅槃。

立夏的日子，到高唐，坐的大巴是一辆过路车，只到高唐高速路匝道服务中心,离县城还有几十里地。幸好,坐上了一个当地农民的小面包车,驾驶员平时忙农活,有乘客就来跑两趟的那种车。年轻的驾驶员很热情也很健谈,一路,我们聊着。车在进城的国道上跑,两边都是无边的庄稼地。正是麦收时季,平原地区,都是机械化收割,场面很是壮观。割麦机一过,一排麦秸整齐地倒在地里,收割机轰轰地开过,不断倒下的一排排黄透的麦秸如一浪浪的金波翻滚。

我感慨地说:"这一地的麦秸能做什么,只能是让它烂掉做肥料吧,也很麻烦吧。"

驾驶员笑笑说:"你说的有一点点对,但在我们高唐,你说的也不全对。这些麦秆,最终有一部分是要回来作肥料的,不过它不是过去那种简单的沤肥,而是制作成了一种高级的有机肥料,施入土壤中不用经过二次分解,可直接被农作物吸收。一说起来,你们远方来的客人也许奇怪,这个肥料产品,却是我们高唐的泉林纸业集团做的。他们研发的喷浆造粒生产有机肥技术,实现了废液的资源化综合利用,生产的有机肥料一部分用于造纸纤维原料的生长,一部分外售增加经济效益。这种肥料来源就是你现在看到的这些麦秸,还有玉米秆,总之,天然农作物秸秆,以前废弃的东西,现在派上大用场了。"

他指着前面一辆拖拉机说:"你看那面地头上,不有人在收购麦秸?麦秸派上用场,我们一亩地也可以增收 100 多元呢,也可以用麦秸换肥料,都是增收。"说完,他嘿嘿地笑了一声。

听这小伙子一介绍,我觉得这次坐错车,倒成为一件幸运的事了,也许,我是这次来高唐的人中最早了解泉林的人了?

"一个造纸厂污染一条河",似乎是一个普遍的现象,草浆造纸,真的是白纸黑水。但我们在泉林集团看到的,却是草浆"黑液"变成了有机肥料,增加了农作物的产量,也肥了耕地。泉林纸业集团一个造纸厂,却美化了一方土地，保持了河流的清澈亮丽。有意思的是，泉林的纸品有意保持了它的原始生态美，保存了麦秸的黄色。当我端详着麦黄色的泉林纸，我的脑海中，就自然而然地浮起了那个激动人心的美丽动词——涅槃，这不就是麦秸的涅槃嘛！

当我们来到泉林造纸基地，只见长龙似的麦秸车把麦秸送到车间前，广场上，麦秸堆积如山，放眼望去，那可真是一座座金山。秸秆打捆机，那长长举起的抓手，把一捆捆的麦秸高高举起。

近年来，泉林纸业依靠技术创新，构建了一个基于农作物秸秆深度利用的循环经济发展模式。10 年时间，投入研发资金 36 亿元，获得了 167 项专利技术，突破了草浆造纸的瓶颈，攻克了世界级难题。泉林纸业纸张生产进入"无害化"生产流程，所生产的纸张达到"可食用"标准。泉林集团开发出本色文化纸、本色生活用纸和本色食品医疗包装盒。这些生活用纸、餐盒、餐盘，通体淡黄"本色"，生产过程不漂白、不增白，避免了"二噁英"对人体的危害。"泉林本色"生活用纸以天然、环保、健康的特性，在环保上优于欧盟、美国标准。这就是一场革命，改变了我国造纸行业木浆进口的被动局面，更为这一行业的可持续发展开辟了一条新路。

在这里，泉林集团每年要处理 150 万吨秸秆。草浆顺着一根粗大管道，进入两层楼高的蒸煮机，经过蒸煮、沉淀、氧化、分离，黑液被输送到另一个车间，制成有机肥料，过滤的清水再被循环利用。

我们在泉林纸业总排口，看到了在那神奇的人工湿地池塘里，鱼儿欢快地畅游，清水流进马颊河，20 公里自然降解。只见这片湿地，水草丛生，一派莺飞草长，锦鳞游泳的迷人生态景观。徜徉在这片湿地公园，我最喜欢那里的芦苇，喜欢芦苇边上的睡莲，平静安详。

我仰望着湿地包围着的泉林广场上如山似海的麦秸，如那澧水旁边的浴火凤凰，它们虽然在那里默默无语，却用一种生命形式的美好终结，取得了另一种生命形式的美好重生，用它们的涅槃，诉说着生命的永恒意义……

我耳边仿佛响起了那充满激情的诗句：

> 生潮涨了，
>
> 生潮涨了，
>
> 死了的凤凰更生了。

百草园的早晨

起了个大早，走出百草园宾馆后院。这只是百草园的一角，却见海阔天空。两山翠竹、新老相间、深浅交织。晨雾缭绕于竹间，不愿离去，似农家升起的袅袅炊烟。沿路边，除了竹，各珍稀植物，还有狗尾巴草。摇曳着胖胖的"狗尾巴"，晶莹剔透的露珠，留在茸茸的狗尾上，不愿离去。相伴的小黄菊，带着做客的水滴，花更鲜艳可人。山间旷野，这时候是那样的静，静得听得到土地的呼吸，小鸟的鼾声。

安吉百草园，这里原是山林，苕溪从林间过，带出一线湿地，那是花鸟的安身地，现代人期盼的仙景。安吉县生态环境优美宜居，层峦叠嶂、翠竹绵延，被誉为气净、水净、土净的"三净之地"。安吉县历史人文底蕴深厚，曾是古越国重要的活动地，秦三十六郡之一的古鄣郡郡治所在地。安吉这个古越国的都城，在百草园这一块地上有多少古越国人活动的痕迹，走在这山间之道上，脚下踩的也许有那时候镈镈钵钵等文物。越文化，华夏文化的组成部分。

山崖有记忆，那它一定记得吴均和朋友们在这里登高。南朝梁时期的文学家吴均，安吉人。好学有俊才，其诗文深受沈约的称赞。其诗清新，多为反映社会现实的作品。他工于写景，诗文自成一家，常描写山水景物，称为"吴均体"，创一代诗风。他笔下的景，有多少是他故乡安吉的山山水水呀。

山崖有记忆，那它一定记得吴昌硕与伙伴们来这里观水。安吉人吴昌硕，近现代"诗、书、画、印"四绝的一代宗师，他的诗画，来源于他家乡的山水、花草。他喜欢画的梅兰竹菊、牡丹松柏，有多少是在他家乡的观察，把它们搬到诗里画间。他从家乡的山水中走出，这里的一草一木给他留下了不可磨灭的印象。

这是一块文化的湿地，有多少文化之人在这里生长发展，如鸟飞翔于中华文化之林。

山崖竹林边，有空旷坝子，坝子中间，还留有昨晚上篝火晚会柴火的余香。就在昨晚，篝火摇摇、晚风兮兮，歌声与欢笑在这里徜徉。大家手拉手一起欢跳，蛐蛐也和我们一起欢跳，萤火虫和我们一起飞舞。一阵"今天是您的生日我的中国"的歌声，引得大家的同齐欢唱。

这首歌，今晚唱着有它特别的意义，因为，这歌的词作者韩静霆老师今天也来到了这里，和大家一起欢唱，七十多岁的老先生，唱得特别动情。他说："是生活引爆了文学，还是文学引爆了生活。就在作这首歌词那天，我在早晨放飞了一群鸽子，就在那一刻，有了这歌词的灵感，一下就出来了……从这个角度说，那是生活引爆了文学。"这歌一出来，不知唱出来多少人的生活感受，多少人今天还在唱着，那又是"文学引爆了生活"，这歌应该是最好的证明。

在今天这样的情景唱起这首歌，有其特别的意义。大家激动地重复着，唱呀唱……

现在走到这里，那余音绕梁的效果还在，那是余音绕竹。

竹悠悠，天苍茫。山顶上的太阳，从一片葱绿上露出朝霞，这时候的百草园也醒了，鸟叫、蝉鸣、鱼儿跃。

竹林下，早起的鸡忙着找吃的，几条狗狗欢欢跳跳，路边的农舍上有标记，34 号宿舍，这是百草园统一的农舍。在房前，抬头见远方葱绿相连的山，更有陶渊明的采菊东篱下，悠然见竹山的感觉。难怪苏东坡要认为，"宁可食无肉，不可居无竹"。郑板桥的"盖竹之体，瘦劲孤高，枝枝傲雪，节节干霄，有君子之豪气凌云，不为俗屈。"竹和竹笋更是这里的特产，白居易《食笋诗》有："此州乃竹乡，春笋满山谷，山夫折盈抢，抢来早市鬻。"诗中"此州"指湖州，安吉为湖州最主要的产竹县。

在竹林隐约斑驳间，水影缓缓出现，走着，豁然贯通一个鱼塘，一个只有几分地的鱼塘，它从天然多姿的丛林里慢慢浸出，有些神秘。透过一马路，水流出，接着进入一个大鱼塘，有二十多亩水面积。一个四五十岁男人，正在向鱼塘里投放青草，他认真地一把把往远处撒，几只狗跑过来，在草堆前捡草吃。看来这几只狗狗是一家子了，母亲关照着它的三个宝贝，一路打跳撒欢。我与喂鱼人寒暄着，了解到他还是个老乡。

"我贵州毕节人。在这里给崔老板打工。这里的小地名是安吉县地铺镇，三官村。我姓朱，在这养鱼、种树、种菜。"

"鱼塘里有近一万条鱼，你看见了，我们基本上都喂草，一般长到三斤左右，就可以卖。我们百草园这边吃的鱼，基本上都是我们这里养的。蔬菜，这里种的。"正说着，两只小鸟一下飞到地里，把刚长出一点芽的豆子，嗑了出来。贵州老乡，并不赶他们，我奇怪地问他为什么不赶呢？他说："没关系，让它们吃两颗，我们种得有多。"我很欣赏他对小鸟的态度，这种人与自然相合的态度。

我离开百草园 34 号宿舍，回头看着，竹林边，宿舍门前，红红的小车、小狗、几只小鸡，多美的一幅画。在竹林里忙着的贵州老乡，这时候，忙完他早上的活路，收拾着准备回家吃早饭。

百草园，可真是人间仙境。

五大连池

登上黑山顶，顿觉天下小。黑山火山口，如斗，围着它走一圈，说是"火口圆梦"。我们走完这一圈，四面是沧海一片，茫茫然只见边，如走完了整个可见之天下。

天如苍穹，蔚蓝蔚蓝。太阳在西，天地相接处，茫茫无限。那最远处能见到的是火山。与它相接是一二三四五个连池，各自独立，又隐隐相连。如形态各异的天鹅。一个最小的在边上，它的形更像月牙，故有名"月牙池"。五池中最美的是三池，如把这时候的苍茫大地看着天空，它就是天空上展开翅膀飞向远方的天鹅，轻轻然飘飘然！

与五大连池相连的是滚滚的熔岩，很有流动的感觉，形成翻滚的石海，石浪一浪接一浪。细处，如熊、似猪、如盘、似灯塔。石浪间有灌木顽强地生长着。石浪上有最低等的植物苔衣，还有比它高一等的苔藓。苔藓干干的硬硬的，只有背阴处可见一点绿，才知道它是活的。当地人告诉我，你不要认为它们死了，干了，你倒上一点水，它们马上绿回来。有人用矿泉水倒给它一点，果然得水处，很快成了葱绿。简直就像做的化学实验，太神奇了！当地人说"这是不死草，它们是'空气检测器'。只要有它的生长，就说明这个地方的空气负氧离子高，空气好不好，要以它说话!"

四面如井字形分布的是十二个死火山，它们最老的有 200 多万年，最小的也有 10 多万年，我们脚下的这座和眼见最近的，如美人头的两座是休眠火山，两百多年前的康熙五十八年，它们喷发过。它们会不会再次醒来，这是时间的等待。走到这里，我在想如果它们现在醒了，我们将会怎样？涅槃，在怒火中得到永生，也是很壮美的。好在是什么也没有。有人说，死是秋天的长眠，不再醒来，那是多么的静美，而死与火山同喷，红火直冲天空，那是多么的壮美！

脚下的火山石，如焦炭，那小的就像一块块不规则的发糕，中空的蜂窝是火山喷发过程中烧了杂质，有了空气。有人珍惜地捡起一块，想带回去作个永久的纪念，又觉不妥，自己念道，"如此这般，愚公移山。"说着又把它放回地上。

沿着火山口走一圈，约半小时，不时被火山口边的"香杨树"，兴安落叶松吸引，在南方，云南、海南等地见到的榕树，有一树成林，今天在东北黑龙江五大连池市的黑山火山口上，我看到了兴安落叶松，也是一树成林。它是一树根上又三五根相连，我们走到最多的一树，有十来棵，当然是成林了，每一根都有大碗那么粗，真是奇特。

在一个巨大的横断面的熔岩面前，一个教授模样的人，对十多个背小包，拿小本的年轻人说："这里共有六个断面，说明了它的形成是前后六次喷发形成，实际集中在不到一年里，就在康熙五十八年。"

接着又见一大拨人前呼后拥地上山，知情人说，这些人是来这里考察的。这里现在是国家四星级景区，正申报五星，正申报世界自然文化遗产——世界地质公园。今天我们都赶上了！

艺术哈尔滨

到哈尔滨的中央大街，已是余晖照屋，霞光满天的时候，一栋栋红的蓝的三角顶、圆顶、半圆顶的建筑，余晖下显得格外迷人，建筑前面的小花台，是那样的别致，那是在西方油画上常见的，这时候让人仿若进了童话的世界，行在艺术的画境中。

从索菲亚教堂出来，在那美丽的教堂前面，看着这个百年的唯美建筑，百年走来，留有多少记忆。"文化大革命"时期，索菲亚教堂里，从艺术中被砸烂，成了文化的废墟、艺术的荒漠；再后来人们一切以物为中心，这里改为人们解决肚皮问题的餐厅；今天它向艺术回归了，在这里是画家展示艺术的一个平台，正有一个画展，不过参观的人不多，门票不便宜，我们也就不进去了。在这特别典型的俄罗斯建筑的索菲亚教堂的边上，有一个新修的俄罗斯建筑形式的公共汽车站，与之相配，这样让这个在广场中央的教堂不至于孤独。广场一角还有一绿色的房子，上有一个较大的广告名字"绿房子"，很是可爱。这里也有一个俄罗斯画展，免费参观。我们参观了这个免费的画展，这里的画主要是俄罗斯传统画家风格的画，多是明码标价，可出售的，不过，标价不菲，小服务员告诉，这里的画还是卖得很快的，还特别注明不讲价。画展的一角有一些俄罗斯小艺术品，一问，价钱还可以接受，便精心选了几件带回。这些小东西，最让人动心的是它那精致的手工艺术。俄罗斯这样一个大国，重工业是它的强项，而这些民族小工艺也继承发展得很好。

我们在中央步行街上走，不时停下来照相，这里老的建筑有上百年的历史，新的有的才启用，不过这里的建筑有个特点，那是新老风格一致，看不出多大的差别。

当地人介绍，中央大街地上的是清一色的石砖，每一块都是一样的长宽厚，四五寸见方，石料是花岗岩，经过了一百年的踩踏，现在每一块都还是一样完整，好像块块之间团结得更紧。"就是再有几百年，它们还是一样的坚固！""这个石砖，当年修建的时候，就是一美元一块买来的。"这些四五寸见方的石头，个个首尾相连、左右相依、连成远远，一眼看不到尽头，这本身就是一种艺术，这是一条石砖路，也是一条艺术路。

石砖路，艺术路。路远处，更有艺术人，八九个画家成排，每一个人面前，一张椅子，一个画板。有的椅子上有人坐着，面带沉思，等着对面的大师一笔笔记下他的这一瞬间。画家是那样的投入，沉浸在创作中，在他这时候的艺术世界里，周围喧闹的一切与他没有关系，只有他的艺术。有几个画家的对面的椅子是空的，画板上有的是他已经完成的作品，有人像也有风景。他们神态自若，并没有搜索对面路上可能坐在自己椅子上的人。我怕打扰他们，远远地拍下这艺术的一排，很想在一个空椅子上坐下，请艺术家给我画一张，前面的人在催促，我只有加快脚步。

人为什么要这么忙，看着闲坐的画家，他们好像什么都没想，人生就是休闲的，就是艺术的，做自己所爱的。

中央大街的尽头与松花江相连。江边是"斯大林公园"，据说是好多年前就不这么叫了，是近年才恢复的名字。这里最典型的是九八抗洪纪念碑，它高高耸立在这里，记载了 1998 年松花江的那次洪水。当年松花江的水从河床漫到街面一米多深。今天站在这里面对静静流淌的松花江还是可以感受到当年的水有多大，给哈尔滨人带来的危害有多大。

松花江在晚霞的辉映下美不胜收，远处的夕阳彤红，江上霞光斑斑驳驳，江边石梯上一对恋人的头靠得越来越近；斯大林公园一角，一围人，正听人摆着"夜幕下的哈尔滨"；远处高高的白桦林下，传来手风琴悠扬的歌声——"松花江水波连波，浪花里吹来欢乐的歌……"

避暑山庄杂记

　　承德避暑山庄，在康熙发现这块风水宝地的时候，还是一个只有几十户人家的小村落，康乾用了大约一个世纪的时间修建了这样一个皇家乐园、行宫。他们每年都有四个月的时间来这里避暑、处理国政。这里记载了清朝皇帝们的几多欢乐、几多悲苦。

　　康熙、乾隆六下江南，喜欢江南的山水，但不可能每年都去，也就把江南的山水移到了这样一个地方。杭州苏堤、白堤、六和塔，苏州狮子林、沧浪亭，江苏镇江的金山寺，绍兴兰亭，浙江嘉兴南湖烟雨楼等，它们是那样神似地搬到了塞外。它们不是简单再现，而是结合北方园林特点进行意境的再创造，集南秀北雄于一体，人文与自然景观天然结合，形成"康熙三十六景""乾隆三十六景"走到这些地方你都会感觉到似曾相识，对它是那样的熟悉。

　　一进正宫的内午朝门，康熙所题的"避暑山庄"四个字吸引了我，康体是不用说的，我国八大书法家，清朝就占了两个——康熙、乾隆。但不知为什么，在"避"字的"辛"下多了一横，传说这是康熙忌这个"避"字，那时正在闹"反清复明"，就忌讳这个字，但不写这个字又不行，于是就把它多写了一横以示区别，不过人们还是把它读作"避"。不过是传说而已，到底怎么回事，只有康熙知道。

这里作为清朝历代皇帝避暑、处理国事的圣地，从京城来，要六七天时间，来回就是半个月。从北京不辞辛劳地来到这里，据说是因为满族人从东北进入北京后，气候不适，容易得天花，到这里还有一个原因是来避天花。不过在清朝的皇帝中有一个人是从来没有来过这里的，那就是雍正。雍正有十三个兄弟，也就是他的十三个政敌，他执政期间不敢离开京城半步，哪里还敢到这离京城还要六七天路的避暑山庄上一住？不过他在位的十多年里，是每年都要拨白银对这里加以修建。

到乾隆时期，更是加紧对这里的修建，到乾隆五十七年，避暑山庄的最后工程完成。这样从 1703 年康熙四十三年，开始修建避暑山庄到 1792 年乾隆五十七年建成继德堂，近一百年的时间完成的这样一个工程。

这里有他们的许多故事，人们至今还流传着。现在的承德人还说，他们最感激的就是康乾二皇帝，是他们让这里的人至今还受益，是他们修建了这里，今天的人还是吃他们的饭，吃旅游效益。

旅游不仅仅是有山水，它还要有文化积淀。这里是第二个皇宫、第二个紫禁城，文化积淀就不用说。

坐在澄湖通往热河泉的小船上，船夫告诉我们：乾隆执政时每年都要到这里来，他的故事多着呢！乾隆一生养了两个人，一个是刘墉，一个是和珅。和珅一家的钱财比皇宫里的还要多，老百姓流传一句话，"和珅跌倒，嘉庆吃饱"。给你们说个刘墉的故事吧，一次，刘墉陪同乾隆皇帝在这里玩，乾隆有意考考刘墉，就对他说："爱卿啊，何为忠，何为孝？"刘墉回答说："君叫臣死，臣不得不死为忠。"皇上说："那好，现在我就叫你从这湖里跳下去，死！"刘墉这时候没词了，怎样来回答皇上的这样一个题目，他考虑了一会儿，在船边向湖水里望了望，对皇上说："皇上呀，刚才我在水里看到一个人了。"皇上说："你看到谁了？"刘墉说："我看到了屈原，他对我说，'你为什么也要下来，当年我下来是因为昏君当政，难道你也是这样吗？'皇上，你说我还跳下去吗？"刘墉把这个球踢给了皇上，皇上哪里会让刘墉跳呢！

他们又走了一会，走到了大肚弥勒佛那里，皇上问："刘墉，你说弥勒佛为什么见了总是笑？"刘墉说："皇上，那是因为佛见佛笑！"皇上很满意这个回答。皇上走过以后，回过头看到刘墉又说了："爱卿哪，为什么弥勒佛对你也笑呢，也是佛见佛笑吗？"刘墉哪里敢与皇上平起平坐，忙说道："皇上呀，他是在笑我永远也成不了佛！"君臣哈哈大笑。

一个船夫把这个故事摆得栩栩如生、活灵活现，吸引了我们一船人。这个流传的故事，形象地再现了"康乾盛世"时期，皇家游园的情景。

说话间，我们的船到了热河泉。我问船夫："你还有多少故事？"他说："多得很，我们就是吃这碗饭的，你在这船上坐三天三夜，我就给你讲三天三夜！"我们付过船钱，走上了岸，我在想，康乾留给他们的何止是这些山水？

秦岭　父亲山

中国大地上的父亲山，秦岭，我们来了！

车行至山脚，就是迈开大步走，可以说是羊肠小道，在道上行得少，爬得多。在这里穿行，树荫连连，几乎看不到骄阳，树荫间隙处有人高的蒿，与蒿毗邻的是芦苇，穿行其间看不到十步远的行人。正是烈日当空，又是那七月的骄阳，爬山的人几乎不见太阳，有的是丰富的负氧离子，让人心旷神怡。爬秦岭不仅仅是锻炼，而且是一种贴近自然的享受。

一路上上上下下的，是自发组织的登山队、驴友。各队人数不定，少在四五人，多在一二十人。青年队、中老年队，还有家庭组合，我们属于家庭组合。一路上有趣的是各个团队留下的路标，"山猫休闲队""心境""快活林""跟狼走""手拉手登山队"。这些队伍中，有的是登山，登上去还要下来，根据体力不一定登上山顶，下来一般都是原路，留下路标便于下山时不会走错，这种形式叫登山。还有一种形式的是穿越，翻越秦岭从它的另一面下来，那不是一两天能完成的，那可是带一点专业性质的、挑战性的。在里面迷路也是常有的，现在的秦岭深处还有黑熊豺狗野猪什么的。一般登山的也就在山边人多处走走，我们是家庭队，还有个小孩子就只能走到山腰，大约 800 米处就打道回府，不过我们还算不错的，特别是有一个六七岁的小孩子能爬那么远，不容易了。

我们从西安上秦岭的大峪。秦岭有72个峪，峪就是一条大山沟，一条小溪。小溪从山顶的哪里开始，我们难以考察，只感觉它是在顺沟而下的流动中不断壮大。小溪在大峪间穿行，登山人也就在小溪上穿越，一会左一会右。溪水清冷，沿河有鳟鱼场。现在的鳟鱼都是在峪底沿河人工喂养。不过，人工也只有在这秦岭下的峪里才能养。鳟鱼是一种名贵之鱼，在冷水里生长，而且对水质的要求高，绝对没有污染的地方。如果没有"冷"和"洁"这两个条件，鳟鱼是活不了的。

我知道鳟鱼，那还是在果戈理的《死魂灵》上面，俄罗斯的贵族们吃鳟鱼那可是一个讲究，那样的美味，当时看到只觉得是果戈理的艺术化。没想到到秦岭对老果的鳟鱼有了体验的见识。这里沿河还有鳟鱼馆，鳟鱼有虹鳟、黄鳟之分，在这里吃法多，黄鳟是生吃最好，那味道是比三文鱼还好吃，肉质鲜嫩。虹鳟任你喜欢的口味，蒸煮煎炸均可。鳟鱼最大的特点，刺少味鲜肉嫩。

秦岭是中国的脊梁，横贯东西，是中国南北气候的分界线，也是南北文化的分界。秦岭西起南部，经陕西南部到河南西部，主体位于陕西省南部与四川省北部交界处，呈东西走向，全长1600公里，南北宽数十公里至二三百公里，面积广大，气势磅礴，蔚为壮观。

相传是春秋战国时秦国的领地，也是秦国最高的山脉，遂命名为秦岭。狭义的秦岭是秦岭山脉中段，位于陕西省中部的一部分。在汉代即有"秦岭"之名，又因位于关中以南，故名"南山"。最高峰是太白山，高3700多米。我们都熟悉的李白的《蜀道难》，"蜀道难，难于上青天。西当太白有鸟道，可以横绝峨眉巅。"李白所说的"太白"，就是秦岭的最高峰太白山。

秦岭中还有名山，那就是终南山，那里有当年白居易被贬长期居住之地，白居易在这里写下了著名的《卖炭翁》，"卖炭翁，伐薪烧炭南山中……"这里的南山就是秦岭的终南山，能写出这样的体贴人民的文章，那就是白居易。

今天来到秦岭脚下，仰望太白山、翘首终南山，现在已没有了那么多的参天古树，却还是那样的葱绿，一层层茂密的绿被覆盖在重重叠叠的山峰上，形成天然的氧吧笼罩着，这里是中国整个南面的天然氧吧，更是天然水库之源。秦岭的峪脚有水库，那是天然的矿泉水，给这里的人带来了生活保障。秦岭北部是黄河最大的一级支流渭河；南部是长江最大的一级支流汉江。中国大地上最大也是最重要的两条河流，最大的一级支流，夹裹着这样一座奇特的山脉，它就如父亲的脊梁，担起那样多。这座博大精深的山脉孕育出两条具有非凡意义的河流，才有了华夏文明。秦岭，您是华夏文明的龙脉。

秦岭就像父亲的脊梁，支撑着中华大地。在中国人民歌颂母亲河的时候，我们可不能忘了我们的父亲山秦岭。千百年沉默无语，傲然挺立，担负着他的责任，享受中华儿女永远的爱戴。

登上秦岭，看不到人工修建的大道，没有雕墙楼阁，这里的儿女们不会破坏秦岭的天然，它的一棵草木，一片花卉，永远都是属于自然的。他们懂得这些都是"父亲山"躯体上的毛发和经络，是父亲山供给中华子女呼吸生养的源流。

神仙窟宅　崂山道家

　　说到崂山，人们都会说"崂山道士"。这多得力于蒲松龄的《聊斋志异·崂山道士》。蒲松龄在崂山长期居住，和崂山道士们一起生活，写下了名篇《崂山道士》。

　　山东滨海有一座著名的山，名曰崂山，山上层峦叠嶂，林木葱茏。据说，在那白云缭绕的崂山峰顶，居住着有道行的仙人。就是认为有仙人，才有蒲松龄笔下的那个聊斋故事。

　　说是离崂山不远的一个县城里，有个姓王的年轻人，出身名门，排行第七，从小过惯了饭来张口、衣来伸手的日子，直到娶了媳妇还游手好闲，整天想入非非，琢磨着怎样得道成仙，长生不老，一直没有方法。后来，他打听到崂山顶上住着仙人，立刻收拾好行装，别过妻子，兴冲冲地直奔崂山去了。

　　王七不辞辛苦爬上了一个高高的峰顶，见一古庙。庙门两旁，奇花异卉争芳斗艳，庙后怪石嶙峋、万木萧森、浓荫蔽日，好一个幽静地。王七整整衣冠走进庙门，通过古柏参天的庭院，进到大殿。殿上有一位道士正坐在蒲团上打坐，那满头白发一直垂到衣领，银须飘飘，精神矍铄。王七不由肃然起敬地上前问话，一听他言语间隐隐含着妙道至理，赶紧跪下叩头，请求道士收他做个徒弟。道士叫他在寺庙先做做看，一开始给他的就是一把斧子，要他上山砍柴、割草，三个月过去了，天天如是，王七说在家从来没吃过这样的苦，要求道士教他穿墙术，学了回家。师父见他这样，只好教了他穿墙术。便对他说："归宜洁持，否则不验。"

王七回到家，对妻子夸口说："我遇到了神仙，学会了法术，连墙壁都挡不住我。"妻子不信，说世上哪有这样的事。王七念起咒语，朝墙奔去。只听一声响，王七脑袋撞到墙上，跌倒在地。妻子扶起来他，只见他额头上隆起了一个大疙瘩。王七耷拉着脑袋。妻子笑。王七仍然是一个不学无术的人。

道士曰："归宜洁持，否则不验。"我认为道士所说的"洁持"，是说要心无杂念地拥有它，修炼它。实际上是道家告诉世人，要努力克服自己欲望，不能有杂念，人应该有一个平和的心态，一心向道。

那么"道"是什么呢？道就是规律。《道德经》上老子讲的，"人法地，地法天，天法道，道法自然。"就是要按规律行事。穿墙而过，是自然的吗？千百年来有谁能做到呢？按道士的说法是"洁持"，没有杂念。"穿墙"就是一个不可能做到的，就不是按规律在行事了，头破血流那就是自然的了。

今天在崂山的太清宫这个两千多年前就修建的道观大门外，有一面大墙正对太清宫的大门，上写着"道法自然"。这是对千百年人们的警醒，是对今天浮躁之人的警醒。人类所做的一切事情，都应该是尊重自然，顺从自然规律的。否则，头破血流，自取灭亡。

崂山不算高，是一个海拔 1130 米的山脉。不过它很特别。山形奇、山石怪。山石呈灰黑色，山上多松木。层峦叠嶂、林木葱茏，白云缭绕其间，像中国画里的山水画。

我是两次上崂山。第一次是在二十多年前，记忆中的崂山，就是海边一大堆石头，黑乎乎的，顺乱石向上爬，山不高，可没有树荫，太阳的热在石头上反射过来，海水的热，拍打着山石蹿上山来，顶着热往上爬，很辛苦。难忘的是下山后，在太清宫门前，有农民在那里卖小东西，一农民煮了一挑苞谷，在那里卖，连叶煮的那种，好多人围着买，我买得一个，可是香甜，很有幸福感，现在还记忆犹新。

今天来到崂山的老君峰下的太清宫，才把它的坐向看清楚。它坐北向南，三面环山，南面大海。我们在虽是盛夏但不是酷暑之时又一次来到这道家圣地，依山傍海，沿山而行，满山葱绿，尽管是盛夏，在这里还有清风送爽。

走进这座西汉建元元年张廉夫创建的太清宫，认识这座"道教全真天下第二丛林"。这里原供奉三官大帝，名三官庵，后改称太清宫。唐天裕元年，道士李哲玄与张道冲等人施建三皇庵。金章宗明六年，名道丘处机曾在这里讲道传玄，弘扬教理教义，十方道众聚研道清修。

在这个悠久历史的道家圣地，松柏翠竹，更有那明代的山茶花，还有那只开花不结果的银杏树。游人有趣地说，它们也修道成果了。那唐代的榆树，半卧着，盘曲如苍龙，故名"龙头榆"。更有那"三树合一"的情景，那是汉代的柏树上盘有凌霄、盐肤木，三合一体，合为一家。据介绍，这是在全国都没有的奇观。赶上正是凌霄开花的时候，红花盛开，一朵朵在盐肤木上，在葱绿的柏树上，树有多高，花有多高，真是"凌霄"了。

在一片片古老的柏树下，道观隐于其中，一片竹子围成边，中间的草地上，有一个巨大的钟，有如草坪上一栋平静的小屋。为安静的太清宫增加了太多的静穆。在这里，举目所见的是寺院的后院，后院上面是山石，山石间有树木伸出。山入云，云在山。让人总想看看山顶在哪里，上面有什么，看不见，那里是云雾的家。正是世人所说的，那里是"神仙的窟宅""云山道家"。

南京登鸡鸣山望玄武湖

飞来山上千寻塔，

闻说鸡鸣见日升。

不畏浮云遮望眼，

自缘身在最高层。

2006 年深秋到南京江苏警官学院讲学，王安石的这首诗，指引我到南京就一定要去的地方——鸡鸣寺。这与到苏州一定要去寒山寺一样，那就是因为张继的"姑苏城外寒山寺，夜半钟声到客船"，这样美妙而流传千古的诗句。

鸡鸣山不高，鸡鸣寺不大。不过说得上古朴幽静，正应了那句老话，"山不在高有仙则灵"。这里的"仙"我认为应该是，"闻说鸡鸣见日升"这样的传说，这样的诗句。

从宁静的庙宇上了"慈航桥"，桥栏杆上一幅幅浮雕，记载着中国千百年有关"孝"的故事——黄庭坚为母涮溺，董永卖身葬父……无不为之感动。中国的"孝""忠"是很有学问的，最起码的一点"孝""忠"，实际上是强调一个人的责任。对父母的责任，对国家的责任，社会的责任。实际上在今天也还有它的现实意义。

经过"慈航桥",上明城墙。是谁的设想在这里修这样一个桥,让明城墙和鸡鸣寺,这两个古建筑群浑然一体,也把两道风景融在了一起。从古朴宁静的鸡鸣寺,到"古城探幽"明城墙。

走到城墙上,更可感受深秋的景况。城墙宽五六米,墙体都是灰黑的砖砌成。缝隙间长着顽强的小草,可能是因为有较多的泥,草长得高,有一两尺,在秋风的作用下,参差而干黄,多了几分沧桑。墙砖经过 600 多年的风雨,是满面的忧伤。明孝主朱元璋,在这里称帝以后修建。有"翁城四重,石础砖砌,固若金汤"之说。闻说当年一个叫钱万三的财主出巨资,还说在聚宝门(今中华门)下埋有宝,不过是传说而已。

在这些 600 多年前的砖体上,仔细探看一块块墙砖上有新的发现,上面有生产的时间及制造者的印记。这是明孝主朱元璋的创举,生产者必须讲究质量,不能随便马虎了事,那就责任到人了。难怪这些砖历经沧桑与我们相见,还有这样坚实的面貌。在生产的砖体上留下生产的时间、生产人的姓名。有人说:"这是中国最早的生产责任制。"我很赞成。是否还有比这个时间更早,产品数量更多的,我还没有见过,也许是我的孤陋寡闻。

沿着城墙走,一面是鸡鸣山,一面是玄武湖。玄武湖三面环山,一面临城。其四周有钟山烟岚、九华塔影、情侣园、鸡鸣寺,如屏画陈列。湖上五洲星罗——梁洲、翠洲、菱洲、樱洲、环洲。湖中南北长堤逶迤,有"烟笼十里堤"之称,大有西湖苏堤、白堤之形。这里是东吴练兵之湖。遥想当年的东吴,孙策、周谕两个美男子,娶了当时天下最美的两个女子——大乔、小乔,东吴霸业已成,何其得意。在这里大练水军,思考怎样站住脚跟,称霸天下,何其英雄。为后来的东晋、宋、齐、梁、陈、南唐、明等朝代的帝王留下游乐之所。

今天这里没有战舰的穿梭,也没有红船的歌舞,有的只是荷叶下的野鸭，垂柳里的飞燕，高高的梧桐树下踽踽独步的游人，小小的外卖屋旁喁喁私语的老人，在这里人生是那样的自然悠闲美丽，一点也看不到大都市的浮躁与喧嚣。

沿着城墙漫步，细细体味这里的宁静与平和，深深感受这里特有的悠闲与美丽。走到外卖的小屋，要了一碗鸭血粉丝，体味这南京人的生活。

成都宽窄巷

在成都平原一片现代化高楼林立的闹市中，有一片砖木结构的老房子，那是"城中有巷，巷中有院，宅在院里，园里有宅。"这一片老房子，在今人策划下，布局形成宽窄巷子。实际上这里是，宽巷、窄巷、井字巷三个巷。井字巷只留下半边街，它坐北朝南，后背与窄巷子襟相连。这里有一口水井，把这个巷子这里的一个个庭院，构成两条长长的巷子，两条长巷中间又有两条小巷从中间连通宽窄巷，正是巷中有巷。

巷子们仿佛与外面的世界没有关系，在纷繁的现代化都市中心，它们是那样的平静、闲逸、和平。在这里，人们传承的是经典和后现代的思想主张，在这些传神的老巷子肢体上雕刻出全新的人文理解。

走过一个个巷子，两边都是一个个院子，院子很深，真是"庭院深深深几许"，院子深处有小桥流水人家，诗意的现实。有人说书、品茶、听曲、养生、养心。有院子高朋满座，正听讲堂上的说话人的高谈阔论；僻静处，也有一两人静坐无语，独自闭目而坐，面对芭蕉几许。

巷子两边不时可见小店，有卖点手工活的，有自制糖果的。店主只管自己工艺的制作，并不在意门前的生意。糖果店台上的牛皮糖、龙须糖，可以随意品尝。本土味，来这里的人，尝与不尝者，都买上一点，带回家。那是带个特色，带个念想。

现在的人吃的穿的都不缺，也说不清楚穿什么好看，吃什么有味了。到一个地方喜欢的就是那里最土的吃食、玩意。

小吃"三炮台"，那是很有特色，集好吃好玩为一体。"三炮台"摊位前，围着人，有看有买。远远的就能听到，"砰、砰、砰"三响。这个声音吸引了我，我也加入观看的圈子。哦！是在卖糍粑。只见，卖糍粑的小伙子，从热锅里抓起一坨糍粑，很快地拽向对面的台子，台子上竖着一面锣，糍粑从台上跳到锣面响起砰、砰、砰三声，三个鸡蛋大小的糍粑从锣上跳到铺满了黄豆面的平台上，白瓷碗盛上，黄豆面下透出白白的糍粑，浇上两瓢红糖稀，油亮冒香。一个吃家边吃边赞，好吃，好香！

这里还保留了糍粑的这样一种吃法。这种传统的吃法，说是，打响的是三颗炮弹，保卫着自己的家园，保卫和平。

宽窄巷的巷子们，现在还那样鲜活，在现代化建筑的森林中，保留一片中国传统文化的地域。在那里，听戏、说书、喝茶，现代人难得的惬意。现代人好像意识到他们除了物质以外，还需要这份安静、平和，来养他们的心。需要逍遥安逸、漫游闲散、行云流水、顺其自然的生活。慢生活是成都人的精髓，是仙源故乡人居环境的神韵。

追述宽窄巷子的往事前缘，那是战国时期成都的一个核心城郭，少城，古时的少，也就是小，那就是当时一个重要的小城。到清朝时期，在这个少城里又构成一个特别的街区，满城。在苍绿的藓迹下，形成今天的宽窄巷子。如此看来这里是"成都灵魂中的灵魂，家园中的家园。"今天，人们有这样一个园地，那是现代人的小憩之地。现在的人们一面在追求工业化、现代化、信息社会，一面又试图返回农耕文化的社会状态，期望过着简单清闲的归真生活。

成都的宽窄巷，在这里可以满足人们的这种期望。这是一段当代小资缱绻的迷茫的地带。

黄龙溪

　　到成都，一定要去周边的古镇，就在五六十公里范围内的古镇，就有近十个，其中最有意义的那要算离成都约30公里的双流县黄龙溪古镇。

　　黄龙溪是从乐山，都江堰的一支流锦江，进入成都的重要交通要道上的一个水码头，两江在这里交汇。交汇处宽阔有明显的两条水界，汇合入鹿河，流到乐山，进入长江。黄龙溪水码头，以前交通不发达之时，这里是一个从长江进入乐山到成都的重要中转站，那时非常繁荣。

　　黄龙溪码头，街道一横一纵，如一"丁"字。横的沿着江行，码头就在这条街上。上了码头，横街上来有两条纵行的街道，两纵行的街道又汇合为一条大街道，东西向。在以前的基础上把这条街，做修成一条龙，是一条修新如旧的大街，中间的龙背是一小溪，两边是茶座和各色特产，龙头是一个楼阁，在东门。这条近千米的长龙，尾在靠西门的入水处，好似从江水中跃出，那它的头在哪里？当我们走完整条"龙"街的时候，又顺街走到东门，走出门，远远看到了，那昂首瞠目的巨龙之头，正是人们进出的一个楼阁。这设计太有意义了。

　　横街南北向，北门是龙溪庙，这里有两棵上千年的古树，一棵是黄桷树，一棵是榕树。黄桷树把庙宇的角抱着，古榕树上面就架着一个小庙。

这可见这个庙的历史之悠远。

最有特点的是这个庙里，还有一个三县办公的地方，老百姓叫"三县衙门"，这里是一个三县交界的地方，在这里设一个三县办事处，方便处理政事。有意思的是它与庙堂这样的佛道之清净地在一体。在庙宇大门上，正对庙宇是一个完好的戏台，上面是几把竹椅子一张茶桌，桌上的茶还有温度。走出庙子，青石板街，五六米宽，两边是明清建筑，风火墙，斗形建筑，保存完好。斗形建筑是中国古时候的建筑形式，今天上海世界博览会上的中国馆的建筑形式，就是典形的斗型建筑。北面街上第一家是银行，几百米前的西面街又有一寺，西街第一家是当铺。这里最知名的小吃是黑芝麻糕、千锤糖，街面上，门槛边有老人，姑娘在扎花，各式鲜花做成一个小花环，几块钱买来戴在头上，到这里的姑娘少妇都要买一个戴上，满街到处都有人戴，成了这里的一道风景。爱美的人在这里得到的是一种返璞归真的享受。

街上吃的东西很多，我们在朋友的带领下，在一个叫扁担巷边，一个以前的老粮店饭馆，坐了下来，朋友说：吃乌鱼是这里的特色，满街都是吃乌鱼的馆子，就这家才是正宗的。

乌鱼，又叫虎斑鱼。它有老虎一样的斑纹，据说它是水中之王，就这名字就可见其凶猛。在水中它的速度快，凶猛，它是一定要吃游动着的鱼虾，属于冷水鱼，生长慢，人工难以喂养，价钱高，在这里都要两百多块钱一斤，在大馆子，那就是天价了。

朋友还在说着。我关心它的烹饪，老板娘见我感兴趣，边做边说，把鱼先片成片，片子在热油中翻炒九铲，多了老了，少了没熟，就九铲，才能保持它的鲜嫩，除了葱蒜以外，特别的就是加上的几个酸辣椒。剩下的头骨做汤，多加葱蒜。我对她的"九铲"感兴趣，这个九，时间让人有数了，又体现了中国的万物九为大的概念。中华文化处处都能体现，高人在民间。这顿饭我基本上都是吃这特别的乌鱼。

吃过饭，走在大街上，无意间碰到了前两天一起开会的广东朋友，见了我们，他们不停称赞，这地方山水好，古镇美，民族风情让人醉！

第三章

思想与灵魂的握手

　　三苏坟前，独自默默地站着，天还阴阴的，不时有一点珍贵的雨。四面古柏，一律偏向西南方向的古柏，祈盼着能听到那风声雨声。中国文学第一家在这里安息，他们的文学精神在神州大地徜徉。

木头人的话

小时候，妈妈对我们说得最多的一句话就是"一寸光阴一寸金"。要我们珍惜时间，好好读书。尽管那个时候，没有什么书可读，整个社会也没有人读书，我还是把这句话，写在最珍贵的笔记本扉页上。从那时候起，这句话，常在耳边响起，总是赶着我往前走。只觉得人活在世界的时间太短，好快，感觉还在童年，就已经是为人妻，为人母的人了。感觉人生刚刚开始，就已年过半百。今天老母已八十有六了，还时常对我念叨着这话。

没想到，说这话的人，这次在广丰见着了，那是木头人。

人说，这个人是个木头人，是形容这人木讷。这次在上饶广丰，见到的是真正的木头人，不过他复活了，又一次对我说这话。

广丰木雕城，这是一个有如上海世博园里，中国博物馆形式的楼面，由中国红，中国结元素构建的大楼。走到木雕城门前广场，有一种震撼，一种中国情结的震撼。顺石梯走进大厅，巨型木雕，抢眼。这是进口缅甸楠木雕，芬芳扑面，人物鲜活有神。没见过这样大的木头，更没见过这样的木雕，高近 5 米，宽近 3 米，人物栩栩如生。

一时间，仿佛木头先生欲说话，一个顽皮的孩子在身后。那语音从那将开启的两唇里溢出，那叮嘱，从炯炯有神双目穿出。正问小儿，今天的书背完没有，字写没有？今天的事情今天做，时间是那样的宝贵，一定要珍惜。小儿也许是前跑后跳，跑着跳着，一下跳到先生的背上，从后背探出个头，稚嫩的脸上露出天真，呼之欲出的双手呈现出顽皮。

这木上雕的，是唐末五代十国著名诗人，王贞白，背后的小孩子，也许是他孙儿。

王贞白（公元875~958年），字有道，号灵溪，信州永丰，今江西省上饶市广丰人。广丰众多的文人当中，只有他在中国文学史上，占有一席之地。所作诗300首及赋文合为《灵溪集》7卷，他的诗歌73首，被收录进《全唐诗》。他最为著名、传唱千古的名篇《白鹿洞》"读书不觉已春深，一寸光阴一寸金。不是道人来引笑，周情孔思正追寻"。这首诗虽然没有收进《全唐诗》，而经过时间的淘汰，它保留下来了，"一寸光阴一寸金"，应该是中国流传最广，最为深入人心的语言之一。

这次广丰之行最大收获，是今天，通过这句话，了解了王贞白。这是文学的魅力。思想要成体系，才能流传千古，中国的孔子、庄子、老子的思想，都是有自己的体系，流传后世的。而表现思想的语言，只要一句经典的，就名留千古了，可见语言的魅力。

王贞白，有这著名诗句的人，在一千多年后的今天，他有了新的载体，那是生长了1800年的楠木，他与楠木融为一体，载着这一诗句，千古。

走近木雕，先看看侧面，雕有一小孩，灵动可爱。我轻轻拍一拍顽皮小儿的屁股，摸摸小腿，乖巧。对他说，孩子，你有永远快乐的童年。走到正面，静静地注视着雕琢的王贞白，高大威武、栩栩如生。他的眼神也正注视着我，一时间我觉得，他是在和我说话，"一寸光阴一寸金""周情孔思正追寻"，可有否？我有些惭愧，避开他的眼光，转向沉思，在今天这个时代里，读书了吗？我不敢回答，低头轻轻地摸了摸，王贞白这木头人的脚踝，突然有个感觉，他是活的，是有血有肉、有思想的活人。

在王贞白面前，我痛自反省，几十年都做了什么，按照前两年一首歌唱的，"时间都去哪了"？我不打麻将，很少看电影。时间用在哪里呢？我想哪，看电视的时间较多的，还有一些人情世故，耽误我的时间，在手机微信上，碎片化的东西也耽误我不少的时间，我应该集中精力，读我所未读过的书，我应该利用所有时间，写我所要写的东西，但是我没能完全这样做。人说，读书是一种修行，写作也是一种修行，要有那样一种心境，浮躁急功近利是做不好的。时间虚度了，生命浪费了。

在木雕下，思考的这一瞬间，朋友抓拍下来，让这一思考定格了。非常感谢这位朋友，以后每当看到这张照片，就提醒我记住今天的场景，这一思考照片题名"沉思"。

我们需要有深沉思考，应该时时反省自己。梁实秋在《时间与生命》中说："作为一个中国人，经书不可不读。我年过三十才知道读书自修的重要。我批阅，我圈点，但是恒心不足，时作时辍。五十以学易，可以无大过矣，我如今年过八十，还没有接触过易经，说来惭愧。史书也很重要。我出国留学的时候，我父亲买了一套同文石印的前四史，塞满了我的行箧的一半空间，我在外国混了几年之后又把前四史原封带回来了。直到四十年后才鼓起勇气读了'通鉴'一遍。现在我要读的书太多，深感时间有限。"一个八十岁的老人，已是功成名就，反思自己，还在说自己需要读书，深深感到自己的时间太少，需要读的，要写的太多。这样的反思，我应该时时有。

在广丰木雕城，王贞白木雕面前，让我沉思，在这个浮躁多元的时代里，"周情孔思正追寻"的情景有吗？

离开千古木雕人，走出大厅，四周的木头，以它们的形式存在着，以它们的方式和我打招呼。我报之以微笑，回头向那五米之高"巨人"王贞白木雕说再见。王贞白，愿你和这芬芳的楠木，永远芬芳。

三苏坟

在河南平顶山郏县，拜祭"三苏坟"，作为一个中国文化人，那是很有幸的。

在郑州参加一个"中国梦诗歌朗诵会"，会后，作家们是一定要去平顶山，都有一个愿望，拜祭"三苏坟"。

2014年的整个夏天，北方多旱，河南是最为严重之地，而平顶山的旱情又是河南之最。郏县的庄稼干得苗苗都没有，只有翻了土等待老天下雨，再种。城里的浴室、洗车场之类的地方早已消停。居民用水，消防车定时供应。我们去那天下雨了，车一路迎着雨，当地人兴奋地说：救命雨呀，是你们带来的！有人说："三苏坟夜雨"是一神秘的景象，你们这些大作家应该是有特别感受。不过，"三苏坟夜雨"不是什么时候，什么人都能看到的，这里面还讲究一个缘分？

这一来，到了郏县拜祭"三苏坟"，要想搞清楚的就有两个问题："三苏坟"为什么在这里；"三苏坟夜雨"是怎么回事。我想不管怎么说，到这里就是缘分，迎着雨我们去了。

苏洵、苏轼、苏辙三父子，在"唐宋八大家"中占三席，可见苏氏父子三人在中国文坛的地位。父子三人中，苏轼艺术成就最高。苏轼一生官场多舛，辗转南北，仙逝后既没葬在故乡四川眉山，也没葬在客死之地常州，而葬于河南平顶山郏县，这与中国传统的习惯不符。其中的原因学术界一直有争论，在众多的说法中，以这里的嵩山周围地区"土厚水深"，为北宋士人所崇尚，这一观点，多数专家学者们认可。"苏轼葬郏"，这是和当时的思想文化，意识形态有着千丝万缕的联系。

这里有道家名山，莲花山。自古名山埋忠骨，"三苏坟"就位于郏县的莲花山下，莲花山，名山也。在郏县城西北，距县城 23 公里的茨芭镇的莲花山，后又叫"小峨眉山"。郏县的莲花山有九座山峰，状如九朵莲花，与位于太行山（辉县）第一峰的二朵莲花山老爷顶，湖北的四朵莲花山武当山金顶，并称道教的三大圣地。郏县的这座莲花山，在太行山莲花山老爷顶和四朵莲花山武当金顶之间，又称中顶莲花山。"三顶"在道教史的位置和道众心目中，中顶的地位和辈分都高于其他"两顶"。

在这里有黄帝钧天台。那是华夏人文初祖轩辕黄帝问道的地方。《庄子·在宥》说：黄帝当上天子的第十九年，到崆峒山拜见道教的始祖广成子，求治国修身之道，驻跸平顶山市的郏县钧天台，奏钧天广乐。这样，这里便是中华民族音乐的发祥地。2008 年钧天广乐列入国家非物质文化遗产名录，钧天广乐作为伏牛山文化圈中华民族传统音乐的"活化石"受到国家的保护，标志着位于伏牛山文化圈内的郏县钧天台，在中国的历史文化地位。

苏辙于绍圣元年（公元 1094 年）出知汝州。其间，苏轼由定州南迁英州，来汝州，与弟相会。苏辙领兄游观汝州名胜。郏城县属汝州，自古就有龙凤宝地之美称。苏轼兄弟二人登临钧天台，北望莲花山，见莲花山余脉下延，"状若列眉"，酷似家乡峨眉山，就议定以此作为归宿之地。

建中靖国元年（公元 1101 年），苏轼卒于常州，留下遗嘱葬汝州郏城县钧台乡上瑞里。次年，其子苏过遵嘱，将父亲灵柩运至郏城县安葬。政和二年（公元 1112 年），苏辙卒于颍昌，其子将之与苏轼葬于一处，称"二苏坟"。苏洵本葬于眉州眉山故里。元至正十年（公元 1350 年）冬，郏城县尹杨允到苏坟拜谒，谓"两公之学实出其父老泉先生教也，虽眉汝之墓相望数千里，而其精灵之往来，必陟降左右。"遂置苏洵衣冠冢于两公冢右。这样，原来的"二苏坟"就成了"三苏坟"。

如今的"三苏坟"，与之为邻的还有三苏祠、广庆寺。现如今以这三为主要部分，共建"三苏园"。在三苏祠里，保存着建于元代的"三苏"泥塑坐像。"文革"期间，苏坟村农民用土坯垒墙护像，再挂上大幅毛主席像才使泥塑免于当年的"破四旧"毁坏，保存如此完好的元代泥塑像，在全国都是极为罕见的，具有很高的文物价值。

"三苏坟"前宽阔的金蛙迎宾道，甬道两边的石柱、石像、古柏；"三苏坟"门前的对联，上联：一代文章三父子；下联：千秋俎豆两峨眉；上牌匾"三苏坟"。这三个字是启功先生的真迹。

"三苏坟"，中间的是苏洵的衣冠冢，左边的是苏辙墓，右边的是苏轼墓。"三苏坟"西南边上是苏轼六个儿子的墓。"三苏坟"外是苏辙的次子，苏仲南夫妇墓。

"三苏坟"周边古柏林立，柏树都向西南方向倾斜，对这一现象千百年来人们的解释是，"三苏"的品德感动草木，草木皆随其心意所向，遥望家乡四川眉山。当然这是人们美好的愿望。据了解，这块地形是一个风道，风向就是西南，天长日久树就都向一边斜。我认为这一解释应该是有一定科学道理的。

这里还有一个现象就是，"苏坟夜雨"。所谓的"苏坟夜雨"，并非是雨天的夜晚，在"三苏坟"前听雨声，而是说，在晴好天的晚上也能听到雨声。这是由一个典故而来：清代郏县县令张笃行拜谒三苏，夜深人静之时，忽听门外雨声大作，开门观看雨景，惊呆了，屋外不但没有下雨，反而是晴空皓月。遂写词留念："风声瑟瑟雨声哗哗，风大不鼓衣，雨大而不湿襟。"后人屡试屡验，称其为"苏坟夜雨"。其实，苏坟的雨声不只是晚上能听到，白天也能听到的，只是白天声音嘈杂，不易听到而已。

"苏坟夜雨"的现象，应该是"三苏坟"内的古柏林立，高大茂密，加上这里的特殊地形，就会发出阵阵类似下雨的声音吧，后来把它改为"苏园听雨"，如是说也！

三苏坟前，独自默默地站着，天还阴阴的，不时有一点珍贵的雨。四面古柏树，一律偏向西南方向的古柏，祈盼着能听到那风声雨声。中国文学第一家在这里安息，他们的文学精神在神州大地徜徉。

白河悠悠

南阳白河，宽阔平静。从卧龙桥走到沿河的湿地公园，是那样的宁静迷人。三九天，平静的河面上凝结着冰，冰上不时有鸟儿行走，一双小脚灵动而飞快地在冰面上跳动，像装着强力的弹簧，走着走着，忽一下飞到河边草丛中。

我这才发现这冬天里那么多不知名的小鸟，有的曳着长长的尾巴，在枝头跳跃；有的翘着尖尖的长喙，在草丛中觅食；有的是胸襟上带着一块耀眼的颜色；有的是飞起来的时候才闪露一下斑斓的花彩。它们的身躯都是玲珑饱满的，细瘦而不干瘪，丰腴而不臃肿，真是"增之一分则太肥，减之一分则太瘦"。

一只翠鸟突然跃到步行道边走走跳跳，跳荡得那样轻灵，尖尖的嘴迅速地到处啄动，看来在这数九寒冬的时节它也饿不着。一个跑步的老人带着一只漂亮的狗过来，鸟一下跃起，高踞枝头，临风顾盼，我的心头激起一阵好"锐利"的喜悦。随即又不知是什么惊动它了，是远处一群时尚老人的手风琴伴着的歌声吧？它倏地振翅飞去，像虹似的就消逝了，留下的是没有尽头的结冰的河面。

远远地可见河中间的小岛边伫立着两只大鸟，一只蜷着一条腿，缩着颈子，另一只双脚站着，伸长脖子警惕地往远处看，我寻找着，希望出现"一行白鹭上青天"的情景，看见的只是从前面淯阳大桥上透过的一米阳光，照在结冰的河面上。

白水河宽阔，岸边有游艇静静地等待着严冬的过去，春天的来临。远处有一只游艇响着马达声从河的这一面驶过去，又从对面驶过来，来回往返着，不知在干什么。等到那船过来的时候，我上前看看，船上是什么都没有，就一个开船的小伙子。我奇怪了，上前问他：你这是在忙乎什么？听我这么问，他笑着说：破冰呗！整理出一条通道，好停船，再过些天白河冰化了，要早做准备。天这么冷，你们到我们南阳的"万家渔火"船店上坐坐嘛。我们谢过，这么美的白河，还要慢慢感受呢！

白河的桥，就够你慢慢地欣赏。白河上每隔一公里左右就有一座桥，从这一座桥能清楚看到另一座桥。单是穿过南阳城的这一段，白河上就有七座各有特色美丽的桥，还有几个规划桥。贵州的都匀市号称"桥城"，但南阳穿城的桥比都匀还多呢。白河的桥以各种方式展示着风姿，而入夜，那桥上的霓虹灯更是流光溢彩，梦幻般的七彩，不断变化着流动的颜色。河上的大桥，叠着水面的倒影，这面的桥，叠着那面的桥，南阳城，白河水，七彩桥，组成斑斓的彩画。我不禁感叹，南阳人真是有福之人，能享受着如斯美景！

彩桥为白河增添了美丽，白河为南阳展示着光彩。

千年白河，静静悠悠，千百年来，变的是历史，不变的是山河。山川河流见证了历史。在这白河上，两千年前的汉朝，那是千舟万泊，穿行不息，商贸繁荣，人声鼎沸。有多少条船通过长江、汉水把丝绸茶叶运到白河之滨，从这里转运上丝绸之路。有专家考证，认为这里是丝绸之路的起点，我觉得，此言不虚。

有水运，就有码头，有码头，就有天妃庙。天妃庙，就是沿海地区和港澳台的妈祖庙。就在淯阳桥头，街口边不远处，在一个老人的指点下，我们寻找到了天妃庙。

天妃庙的规模不大，破旧当中却透出些修葺的讲究来。庙的屋檐翘角透出沧桑，可见它的悠久。虽有些破败，不过也能看到历朝历代这里的繁华和兴盛。走进天妃庙，安静肃穆，不见一人，也许是我们来得太早，敬香人还没到，看得出来还是香火不断。我们在院子里转着，细细地看，这个当年丝绸之路起点上的妈祖庙，寻找那悠悠历史里的传说故事。这时候，一个道姑出来了，见我们不像上香的人，便问道：你们有什么事吗？我笑笑，"没有，我们没事，我们只不过是来这里感受，千百年走过的白河边上的繁华。"道姑肃然。

走出天妃庙，驱车直奔卧龙岗。在元、明、清历朝的《南阳府志》中称："卧龙冈在南阳府西七里，起自嵩山之南，绵亘数百里，至此戛然而止，回旋如巢，然草庐在其内……其下平如掌，即武侯躬耕处。"这段文字引导我们去感受卧龙岗的地理形势，它绵亘数百里，宛若一条回旋的巨龙。显然，这里是风水宝地，诸葛亮选择于此躬耕陇亩，并因地而"藏修发迹"，人称"伏龙"或"卧龙"。明《地理志》曰："时人喻孔明为卧龙，因号其冈云。"明代将领俞大猷在《重建诸葛亭记》称："昔诸葛亮先生躬耕南阳时，人以'伏龙'称之，故名曰其所居之冈曰卧龙冈，是山因先生而得名也。"

我仿佛看见当年躬耕南阳的诸葛亮，正吟诵着他出师表里"臣本布衣，躬耕南阳"缓缓走来。他当年在白河边的卧龙岗上读书耕种，十几年的光景，吃南阳粟，饮白河水，中国的智慧之神在这里成长，他多少次来到白河边，遥望长江，感叹天下之不平，百姓之苦难。多少次出行于白河之上，最后在刘备三顾茅庐之后从这里走出，跨进历史。

离开卧龙岗，又拜医圣祠。医圣张仲景，东汉末年，出生在南阳，那是中国历史上一个极为动荡的时代，疫病流行，成千上万的人被病魔吞噬，以致造成了十室九空的空前劫难。南阳地区当时也接连发生瘟疫大流行，许多人因此丧生。从建安初年以来，不到十年，有三分之二的人因患疫症而死亡，其中死于伤寒者竟占十分之七。面对瘟疫的肆虐，张仲景痛下决心，潜心研究伤寒病的诊治，制服伤寒症这个瘟神。

医圣张仲景当年在这白河边采药看病。为百姓治病，他多少次穿行于白河边，白河上的一叶小舟载着他，去往一个又一个的患者之家。经过数十年含辛茹苦的努力，终于写成了一部名为《伤寒杂病论》的不朽之作，开创中医学辨证论的先河。被后世尊为中医的"金科玉律"，这是继《黄帝内经》之后，又一部最有影响的光辉医学典籍。后世尊他为医圣，把他奉为医药之神，健康之神。

走进医圣祠，圣洁而安详。冬日的太阳温暖而明亮，阳光洒在张仲景的铜像上，格外醒目。千古医圣，功盖人寰。一个年轻人虔诚地在那里做着他复杂而虔诚的祈祷仪式，他大声地背诵着拟写好的祭词，三叩九拜，仿佛他的身后是广大的人群。我在远处静静地看着他的一招一式，为他的虔诚之心所感动。

走出医圣祠，踏上张衡路。宽阔的路面上徜徉着两千多年前的南阳人张衡的一个又一个的画面。距这里20里处有科圣张衡的墓园和博物馆。张衡是东汉时期伟大的天文学家、数学家、发明家、地理学家、制图学家、文学家、学者，在汉朝官至尚书，为我国天文学、机械技术、地震学的发展做出了不可磨灭的贡献。由于他的贡献突出，联合国天文组织曾将太阳系中的1802号小行星命名为"张衡星"。眼前出现的是张衡发明的地震仪、浑天仪和候风地动仪，这是在中学历史课本上见过的图文。而今天在白河边亲身感受这位科学家精神，更为之感动、激动。从古至今，世界上地震频繁，但真正能用仪器来观测地震，在国外，那是19世纪以后的事。

张衡发明的候风地动仪乃是世界上的地震仪之祖，它超越了世界科技的发展约 1800 年之久！

认识张衡，自然还有他的文学，这位大文学家，他的《二京赋》花了 10 年的创作功夫而成，在我们今天这个浮躁时代的人，应该学习他这样一种严谨的文学创作的态度。这篇赋不但文辞优美、脍炙人口，而且其中讽刺批评了当时统治集团的奢侈生活，具有较高的思想性。他的《四愁诗》，文学史家郑振铎先生称之为"不易得见的杰作"。他的《思玄赋》中有大段文字描述自己升上了天空，遨游于众星之间，可说是一篇优雅的科学幻想诗。如果真有穿越，在这白河边上一定能拜见这位两千多年前的文学大师。

走下张衡路，来到范蠡庙，商圣祖庙。范蠡，春秋楚国宛人，南阳人。著名的政治家、谋士和实业家，后人尊称"商圣"。他出身贫贱，博学多才。面对当时的楚国黑暗政治，不满当时非贵族不得入仕而投奔越国，辅佐越王勾践。帮助勾践兴越国，灭吴国，范蠡功成名就之后急流勇退，变官服为一袭白衣与西施西出姑苏。其后三次经商成巨富，三散家财，自号陶朱公，中国儒商之鼻祖。世人誉之："忠以为国，智以保身；商以致富，成名天下。"这位智慧之大师，商界之圣人，两千多年前他在这白河边喝白河水长大，白河可算智慧之河。

商圣祖庙参拜的人多。走进大门，在院子里立着两块他经商法则的碑文，上面写着"陶朱公经商十八法""陶朱公经商十二则"。《十二则》在两千多年前就明确提出经商要讲诚信之道："价格要证明，含糊争执多。期限要约定，马虎失信用。买卖要随时，拖延失良机。"商圣的告诫，正是我们今天的中国企业家们最需要学习的法则呀！

看到这里，我想起了南阳"业之峰"公司的陈总，这位爱好文学的年轻企业家。在"业之峰"，你可以看到现代化的管理，现代意识的装修理念，而更重要的是这位年轻企业家的办公室，墙上挂着的一幅横幅——"信而又信"，这种对于诚信的要求，与商圣如出一辙，这种独创的语言方式却格外引人注目。陈总说：其实这也不是我的独创，而是出自于《吕氏春秋》，我觉得比之于大家都知道的"诚信"两个字，更能够突出这种商德要求，因此就把它书之墙上，可以说，这就是我的成功语录吧。

听了陈总这一番话，在场的朋友无不鼓掌，大家对这位年轻的企业家说，借商圣故地南阳的德行，我们祝福你成为又一颗耀眼的企业新星吧！

离开商圣庙，驱车回到卧龙桥，瞭望白河与南阳城，我深深赞叹：

南阳古城，众圣云集；白河悠悠，星光璀璨！

鹅湖书院　古茶道

走上铅山鹅湖书院边的古驿道，从不写诗的我，脑海中竟然跳出两句我也不知道为何物的句子：千年古茶有余香，鹅湖寺内书声琅。

满眼沧桑，仿佛听到挑夫们歇脚的吼声——"嗨呀！"也仿佛听见那"欸乃一声山水绿"的船桨号子；仿佛看到来来去去文人墨客，凉棚下，端一碗河口红茶……

自唐代开始，武夷山红茶，便畅行世界。到了明末清初，这里更成为中国茗茶传往西方世界的重要源头。"河红茶"，四百多年间，被西方人奉为至尊名茶，誉为"茶中皇后"，西人"能品一盏，竟不问价。"蓦然回首，历史悠悠，这里，不仅留下了朱熹、辛弃疾、陆游、徐霞客的身影，更有那挥汗缓缓而行的"崇安担"。

武夷山起起伏伏的山路，挑着一担担"河红茶"的挑夫——多少年了，这条闽赣古道上的货物，就是这样，靠着人力挑运。这些挑夫，来自于武夷山崇安镇，人称"崇安担"，他们挑着武夷山的红茶，辗转多少个山头，在铅山河口，被称为"茶中皇后"的红茶，就从这里上九江，再到山西晋中，到河北张家口，至蒙古，达俄罗斯。万里茶道，就是他们挑出了千年古镇河口的繁荣，"河红茶"，就此而扬名。

这些挑夫们，古驿道下的书院，便是他们歇脚的场所。

鹅湖书院，山石作屏。山巅的巨石，千姿万态。两侧山势合抱，重峦叠嶂，古树苍苍，新枝绿叶，苍翠欲滴，山石间，飞瀑倾泻而下。山谷的小平川，古木参天、曲径流泉、幽静无比。书院轻烟笼罩，古老的庭院，就这样静静地，坐落在鹅湖山北麓古道旁。

山下，人家，翻过的土地，一道道肥沃的沟垄。眺望这富庶的铅山，唐代诗人王驾的《社日》悠然浮现在脑海中："鹅湖山下稻粱肥，豚栅鸡栖半掩扉。桑柘影斜春社散，家家扶得醉人归。"

鹅湖书院，因中国古代的大哲学家朱熹和陆九渊兄弟理学与心学的大讨论，堪称"千古一辩"，遂有了历史上著名的"鹅湖之会"。

朱熹，江西婺源人，因父亲在外做官而出生于福建。他四岁读书，十九岁便中了进士。他广读儒家经典，现存著作共 25 种，600 余卷，总字数在 2000 万字左右。他的《四书章句集注》成为钦定的教科书和科举考试的标准。《孟子》一书因朱熹的注解，至此正式获得了中国古代典籍中"经"的地位。

南宋淳熙二年（1175）暮春，理学大儒朱熹及门生八人，在"东南三贤"之一的吕祖谦陪同下，从福建寒泉精舍越过分水关，抵达鹅湖。而心学大儒陆九渊、陆九龄也带着抚州家乡的众多弟子，由金溪出发，泛舟东行来到鹅湖书院。在吕祖谦的邀请下，朱熹、二陆四贤大儒相聚鹅湖。

在"上饶记忆"网站中，"鹅湖山翁博客"的博文中描述："与此同时，散布于南宋朝各处的学者，如江浙诸友、福建学者：刘清之、赵景明、赵景昭、朱桴、朱秦卿、邹斌、詹仪之等百余人众闻讯后纷至沓来。他们都是胸怀济世雄才和情操的时代骄子，期待着为国家强盛和文化繁荣建功立业，虽然他们之中多有命运乖舛者，却始终未能泯灭他们心中的希望之火，坎坷与灾难反而成就了他们执着的情怀和瑰丽的人格，摩擦出能够照耀整个时代的思想火花，他们对待国家、对待故园、对待学业、对待艺术、对待人生的态度，足以让历史为他们书写下厚重的一笔。"

鹅湖学术辩论之大会，双方各持己见，不因友谊而保留自己的学术观点。酣畅淋漓的精彩辩论令鹅湖之会以后的学者万分景仰、崇尚那一份纯真而无畏的治学态度。鹅湖之会后的许多年，朱陆继续书信讨论各自的学术主张而友谊倍加。

鹅湖之会，朱熹难以忘怀。三年后，他写《鹅湖寺和陆子寿》诗以为纪念。诗言："德义风流夙所钦，别离三载更关心。偶扶藜杖出寒谷，又枉篮舆度远岑。旧学商量加邃密，新知培养转深沉。却愁说到无言处，不信人间有古今"。

淳熙八年（1181）春二月，陆九渊访朱熹于南康。朱熹亲率同僚诸生迎接，请陆九渊登白鹿洞书院讲席。于是陆九渊乃讲《论语》"君子喻于义，小人喻于利"一章，提出"以义利判君子小人"。诸生有听而流涕感动者，朱熹当场离席言曰："熹当与诸生共守，以无忘陆先生之训。"

一次灵感的触发，一次大胆的创意。铅山鹅湖书院，一夜之间成了理学圣地，跻身为江南四大书院。历史在这里，留下中国思想史上一块特殊的里程碑。

"男儿到死心如铁，看试手，补天裂"——十三年后，爱国志士、伟大诗人辛弃疾与陈亮相会于鹅湖书院，畅谈国事，面对山河破碎的民族灾难，为统一祖国而呐喊抗争，拳拳爱国之心，光辉永照。这是内容不同，而历史意义俱伟的第二次"鹅湖之会"。

壮志难酬的辛弃疾，晚年寓居铅山，在他脍炙人口的六百多首词中，有两百多首创作于此地。

文化传承，铅山人才辈出，人称"隔河二宰相，百里三状元，一门九进士"。而两次双璧"鹅湖会"，千年古道"河红茶"，使这里飘动着厚重的历史文化馨香，永远品之不尽，味之无穷呢！

牡丹江　八女投江

　　到东三省，听到的是"白山黑水""黑土地""北大荒""北大仓"。我看到的，那是太多，最难忘的是这里的各式雕塑，铜雕、铁雕、汉白玉雕，在街边，在公园里还有那鲜活的各式植物雕。有名的太阳岛、镜泊湖，那里的雕塑更是鲜活、生动，各式各样的雕塑，那是最大亮点。

　　在长春，特别去了长春的世界雕塑公园。那是因为对东三省的雕塑情有独钟，我们特地去参观了长春世界雕塑公园，这里有五届世界雕塑大赛留下的500多件作品，它们是那样的经典，展现了不同国家民族的文化，每一件都是精品。不过我最喜欢的还是那件叫"森林"的作品，在那件作品中看到的是人类最好的家园。

　　到牡丹江市，它是中国内陆最大的边贸城市之一，享有"中国雪城""鱼米之乡""塞北江南"等美誉。常听人说，到了东北，不到牡丹江的镜泊湖，算是白来了东北。这里被誉为"北方的西湖"，有一个美丽动人的红罗女传说。这里是二十世纪六七十年代家喻户晓的革命现代京剧《智取威虎山》，杨子荣剿匪之地。这里更是抗日战争时期"八女投江"英雄的故地。

　　特别要去的，是去看看这个以花命名的江，"牡丹江"。在下榻之地安排好食宿，向服务员打听，这里的最有特点的地方，最好玩的地方。服务员笑着说："这地方，有啥好玩的?! 不过，看你怎么玩，要不，你们到江滨公园去玩玩，那里不错。从这里走过去，也就十几分钟。"她并没有告诉我们，那里有什么。我们按照她的指导，走一段，向人打听江滨公园怎么走，那人却回答，"你们是看八女投江吧？"我们惊讶地问道，"八女投江在这里?!""那当然!"

小时候，知道有一个八女投江的英雄故事。不过现在已经模糊了，他这样一说，又唤起了我的记忆，急急地说："是是是，就是要去那里!"按他的指引我们很快就到了。

到了江滨公园的大门前，远远地就看见牡丹江边耸立的八女投江的巨型雕塑。又是雕塑，不过这里的雕塑与前面看到的都不一样，不论是材质，还是雕塑的风格，它一下抓住了我，打动了我。在雕塑前向人打听才知道，这里并不是当年八女投江的那一段，政府为了教育意义，1984 年，把八女投江的雕像塑在这里。现在就有了两个八女投江纪念地，一个是在另一段牡丹江边八女投江的原址上，一个就在牡丹江市的江滨公园的大门前。

八女投江的雕塑，看风格，应该是四川美术学院艺术人雕塑的，它与重庆的歌乐山下的雕塑，遵义红军山上的雕塑，同一风格，深红色的石材，显示了英雄的壮美，它是那样的苍劲有力，震撼人心。雕塑座基上有邓颖超的题词："八女投江"。

八个形态各异的女战士，义勇而前。走在前面一个抱着一个受伤的姐妹，另一个双眼缠着布带，姐妹拉着她的衣襟，再一个肩膀上扛着一个受伤的姐妹，手上还拿着枪。后面三个端枪面朝后，怒目而视。她们是 1937 年东北抗日联军妇女团的团政委冷雪带领的队员，完成了掩护大部队撤退的任务，在日本追兵迫近，她们弹尽粮绝的情况下，顿然向滔滔的牡丹江走过去，走进那远去的江水。今天她们被定格在这里，留下永远的记忆……

我眼前似乎看到她们，她们年轻美丽英勇的身影，看到她们英勇就义的那一幕，耳边响起那最后的枪声。同行的一个男伴说："我真是热血在涌，眼盈泪。"

江水静静地流，曲折多姿，江心常有小渚，绿绿的，牡丹江的美在这里显现其特色。两岸的新型别墅，白墙红瓦，越来越走向江滨。

热泪盈眶的同伴，接了个电话，说是儿子在杭州西湖边上打来的。他告诉我他们的对话：我问他杭州西湖很漂亮吧？他说太爽，说是他们正在西湖的船上听音乐嘞。我对他说：儿子，西湖歌舞几时休啊，你在那里一定要去岳王庙拜拜，那里有岳飞岳云，回来我有话问你！那小子不回答……

他家父子的这个电话，更在这个情景，让我们有好多感受。作为现代人，快乐、享受太多了，更需要的是责任，是牺牲精神、民族精神……

欣赏中大家一致认为，在东三省的雕塑中，不论是街道边、公园里，还是长春雕塑公园里的 500 多座世界水平的雕塑，都比不上牡丹江的"八女投江"，它是那样的让人震撼！其实并不是说它的雕塑艺术水平就一定是最高的，而是它的情景，它有一种场景的再现，八女的雕塑与不停歇的江水，融为一个自然与人工的作品，有无限的震撼！达到了艺术的顶峰！

文　脉

书，永不会"死"，即使在今天网络天下的时代，我也坚信，书永远是传播人类精神的最好工具，我指的，当然是传统的纸质书籍。一个叫王文彬的丰县老人，用他用心经营了近 20 年的书屋诠释着这一道理。

走进丰县梁寨王文彬老人的"农家书屋"，几千册图书琳琅满目，墙壁上贴着墙报和剪报。我们正和老人交谈呢，一个五六岁的男孩，抱着七八本小人书跑过来，"爷爷，我要借这几本书！"说着，他把几本鲜艳的图画书一一摆在床上，又一本本打开，满脸的喜爱。王爷爷一脸慈祥，弯下腰对他说："好好，喜欢就好，看完了记得拿回来噢，别的小朋友还要看喽。"小男孩拿着书，高高兴兴地抱着就跑了。看着孩子抱着图书远去的身影，我感慨于在娱乐媒体泛滥的今天，梁寨人对文化的热爱。

徐州丰县，大汉朝创始皇帝刘邦的家乡，可以说是"大汉文化"的发祥之地，到处都能看到中华文化的脉象。丰县，又是汉朝一代名将韩信的故里，大清太子太傅、直隶总督李卫的家乡，清康熙年间，出了苏北第一状元李蟠，而我们采访的梁寨镇，更有宋朝著名理学家程颢讲学创办的程子书院，有这样的文脉，便有这样的传承，我明白了"农家书屋"为什么会在这里坚持了 19 年！在网络电视手机充斥的当今社会，这实在不是一个简单的现象。这农家书屋传达给我们的，是文化的脉象。王文彬老人坚守书屋文化阵地19年，他的前提和基础，还要有19年不断脉的来这里阅读的读书人。"农家书屋"现象告诉我们，这真是一块"书香"土地，文化故里。

王文彬老人，正可以说是这块书香土地上必然诞生的一个文化奇人。20世纪80年代，在外省工作的王文彬从黑龙江回到家乡，他想到的，不是回乡"安度晚年"，享受生活，而是想着为家乡的文化做点什么。在改革开放伊始，他买了个电视机，免费放给乡亲们看。那时，电视机在城市里，也不是一般人家能够拥有的物件，更不要说文化经济远落后于城市的农村了。一台电视，让乡里人看到了外面的精彩世界，增长了知识和见识。但王文彬老人说，要提高村民的文化，不能只看电视，必须读书！特别是梁寨的孩子们，不能让他们仅仅伴着电视成长，而是必须随着"书香"成长，伴着"文化"成长！他找出自己退休带回来的五十多本书，又发动村里的几个老头凑了几十本。1995年，这个仅有一百来本书的书屋，在梁寨启动了它的文化传播里程。这个诞生在农村土地上的文化产物，开始慢慢地发展，它在丰县这块文化土地上，在梁寨这块曾经拥有"程子书院"的文化故地上，得到了各界的支持，得到了各级政府的鼓励和帮助，到今天，走过19个年头的"农家书屋"，拥有5000多册图书，10多种报纸，20多种杂志。我们不要小看了这个数字，我进入到我们学院的图书馆，浏览近60万册图书，心里却从没有面对这5000册图书所掀起的波澜！

在这19年里，老人拿出了自家的9间房屋作为"农家书屋"的馆室，把书屋外的院墙改造成18米长的带雨篷的宣传长廊。在这长廊上面，张贴着老人剪贴下来推荐给村民浏览的剪报。我在农家书屋资料室里，翻阅着老人亲手装订的300余册各种剪报专辑，我惭愧于我这个中文教授，也未曾作过如此坚持不懈的资料集辑工作！

在门外的院墙上有两块 2.5 平方米的黑板，上面是老人每月出一期的黑板报，老人利用黑板报，向前来书屋的村民介绍国家政策、时事新闻和群众喜闻乐见的科技、文化、道德、法律等资讯。这样的黑板报，王文彬老人已经制作了 1200 余期！

2009 年，徐州市关心下一代工作委员会为王文彬的农家书屋正式挂牌，命名为"小海燕"农家书屋，并捐赠了 4000 元的扶助资金。王文彬老人得到这笔钱，便扩建了图书阅览室，添置了书橱。

王文彬老人的老伴，在 12 年前过世了，从此他以书为伴，以读者为友，坚守在书屋。文脉书香，伴随他度过美好充实的夕阳时光。

农闲时节，周末假期里，书屋里坐满了人，农民们穿梭于书架间，找到两本自己喜欢的书籍，又借回去慢慢翻看。王文彬老人翻开他的两本借书簿，上面密密麻麻，记载着村民的借阅情况。

听着老人细细地讲述着借书簿上面的故事，我忍不住问他一个问题，这么些年，有没有借书不还的情况发生呢？老人微笑一下说："有还是有的，但这样的情况并不多。前些年借书要有押金，现在受网络的冲击，你要押金，他就不借了，所以，现在借书，连押金都不收了。但是，即使不收押金，借书不还的情况还是很少发生。尤其是娃娃们看到喜欢的图书，往往是说一声，拿起就走，但过两天，他一定会送回来。就像你刚才看到的那个孩子，基本上天天都要来书屋，都是有借有还。"听着老人的介绍，我不禁想到，梁寨的孩子们，在文化阅读的潜移默化中养成的美德，不正是当今中国社会所需要找回的精神传统吗！

1986 年，王文彬老人在黑龙江省北安市退休，割不断乡梓文化情，终于放弃舒适的都市生活，回到老家梁寨镇光庄村。落叶归根也好，回报家乡也罢，总之二十多年来，他坚守自己的信念，以自己独特的文化方式，回报故里，正如他文章材料所写，"心怀浓浓故乡情，夕阳晚霞照后人"。他的儿女都在外面工作，多次来接他去享受天伦之乐，老人说："我舍不得这份近二十年的事业。"儿女们担心他的生活没人照顾，最后，想办法把他的孙女嫁回到这个村里来，这样老人在这里就有人照顾了。听到这里，我不禁在心里叫了一声绝，这真是文化土地上发生的奇人异事！

这是一块文化历史悠久的土地，老人的文化善举，自然会获得种种荣誉。2006 年，王文彬老人被江苏省关心下一代工作委员会、江苏省精神文明建设指导委员会评为"全省关心下一代工作先进工作者"。前前后后，他被授予"徐州市四五普法先进个人""江苏省四五普法先进个人""全国五五普法中期先进个人"、江苏省先进"农家书屋"主人等光荣称号。书屋的一角，摆满了书屋获得的各种奖状和奖杯。

王文彬老人说，这些荣誉，是他当初省吃俭用自办农家书屋时做梦也没有想到的另一种结果，本来，这不是他当初的梦。这延续了 19 年的农家书屋本身，才是他当初的梦想。

这真是一个平凡的中国人做着的平凡的中国梦！但有谁不觉得，这个极其简单的梦，却是那么的美好！那么的动人！具有那么深邃的内涵！在这个纸醉金迷的浮躁时代，还有多少人能够做着这样简单的文化之梦呢！

这就是小海燕农家书屋昭示的深刻文化意义。当我们专家学者们，在大声疾呼提高中华民族的文化素质的时候，有几个人能够踏踏实实去实现小海燕农家书屋一样具体的行动呢！

《徐州日报》记者这样写道："每天下午 6 时，丰县梁寨镇光庄村的农家书屋里，都会挤满前来读书的村民。一位精神矍铄的老人总是乐呵呵地为大家提供着各种服务。这位老人，就是这个农家书屋的主人，已是耄耋之年的王文彬。"

采访结束，我们拥着王文彬老人，留下合影。在相机咔嚓响起的那一秒钟，我看到一个兴冲冲抱着图书的孩子正好闯进镜头！老人和孩子，我想，这张神奇的照片，是不是丰县这块土地上，一个隐喻的文化象征呢！

杏坛圣地

人和地方也是有缘分的，有的地方你去过多次，不过路人而已；有的地方，每次去，都有一种新的体验。这次到绥阳，发现这里有杏坛圣地。

绥阳之地，出诗人，有中国诗乡之称。几年前，一个未曾谋面的老诗人，和我联系，我的一篇文章《访旺草讲堂问先师尹珍》，收在他出的一个诗歌集子里，后来开他的作品研讨会，我有事没能参加，很表遗憾。这次来绥阳的前两天，一个老家绥阳的学生，还没有毕业，有诗集出版，要我给她写个序，刚好完成，就踏上绥阳的路，作为诗乡中学的特聘教师，给他们开个讲座。

走进诗乡，不用纸墨，阳光洒大地，诗在空气中飘逸。走在诗乡广场上，欣赏着石柱子上飘移而过的诗歌。诗在石柱上跳跃，乐章在广场上飞扬。这里有千古名句，也有地方美诗，最记得那首，"昨夜等你紧不来，烧了几多冤枉柴。仔鸡炖锅都干了，油煎豆腐起青苔。"民间歌谣，清晰、淳朴、纯真的感情让人不忘。一时间，仿佛自己也是诗人，陶醉着，有诗要吟。在这里，屋檐边、小路旁、大道上，有生命的地方就有诗歌，我欣喜地和它们一起欢唱。吟唱着著名诗人李发模的诗歌，那"呼声"依然回荡，吟唱着杜兴成的赞歌，"战友之歌"依然嘹亮。

中国诗乡，让人陶醉。有机会到诗乡中学作一讲座，更是幸事。

安排接送我讲座的是一对年轻夫妻，姓李的小伙子及爱人，两个80后。讲座那天早上，我是早一点下去等着车，没想到，他们早已等在酒店门口。两个人热情周至，让我感动。上车后，了解到，两个人都在诗乡中学上班，都是学校的中层领导，每天都是一个忙，一个小孩子，交给老妈妈带着，他们一心在学校。每天要陪学生上晚自习到11点，住在学校。第二天一早，新的工作又开始。我问他们，"为什么不去公立学校？相对还是要轻松得多。"

小李笑笑说："在这里，待遇虽然比公立学校多不了多少，平时又很忙，完全没有照顾家里的时间，但我们在这里最重要的一点是开心，自己的才能得大最好的发展。学校领导办学的理念，不是为了赚钱，最后还要办成不收费的。解决家里困难的学生上不了学的问题，我们认为，这样的学校才是我们应该待的地方。教育应该走这样的路。如不是这样，花钱上学的学生，多数是不会好好学习的，他们认为，我花了钱，学不学是我的事情，与老师学校没有关系。"

我说："小李，你们学校很有钱，有这么好的小车。"

小李家两个笑了，说："我们是私营，很艰难的。我们学校的董事长杨英强，在14年的民办办学历程中，有民办教育管理经验，形成了学校独特而规范的管理制度，营造了学校浓郁的教学氛围，体现了务实、奉献、创新、进取的精神，为集团今后的发展奠定了基础。我们在学校，就以我们的领导为榜样。学校今天的接待任务多，没有车了，这是我们自己家的车，出来接送您。"我说："你们这样私车公用，应该有一点补贴吧。"他们的回答很简单，"没想过，我们只是要把工作做好。"

他们的一席话，让我看到学校的年轻老师，是有胸襟有志向的，也能看出诗乡中学的管理理念，有好的理念，才能让人无怨无悔，真心实在地工作，把工作看成自己的事情，自己的事业。有这样的老师，才能培养出具有奉献精神、关爱之心的学生。

从绥阳城出来不远，很快就到学校。绥阳真是平，到处是坝子。我们从城里出来，一入绥阳境，那一路可真是，怡然天地宽，青烟缭万户，绿水绕千弯。这里有黔北粮仓万亩大坝，不远的旺草，有乌江支流芙蓉江。

校园一派静穆，后面靠山，前面是宽阔的大坝。这里真是个读书的好地方。我问小李，学校后面的山叫什么名字，小李腼腆地说："我也不知道。不过这些地方的山好像也没有名字。不过，这里出去不远有一个卧龙山，那个很有名的，上面有卧龙寺，当年贺龙住过，红军也在上面住过。很有名的，讲座搞完，我们可以过去看看。"

他这样说，我自然是高兴，这叫工作考察两不误。不过又要用他的车，我还是有些歉意。我们在校园转了一圈，四下观望，希望校园周围有个什么山，来托起这个学校。

晨雾如纱罩在远远近近、高高低低的小山上，我突然发现校园不远处的一座山，就如一个笔架，我对小李说："你看那山，不是一个笔架吗？""对，那是玉皇大帝的笔架，诗乡中学就是靠着它的。"这是诗乡的地理文化，也许正是因为它，诗乡才会出现这么多的文人诗人。我相信，诗乡中学，会越办越好。小李笑了说："谢谢老师的吉言，我们 2016 年中考，学校以总分 489.74 夺得全县总均分第一。学校通过相关部门和海外办学机构联系，在高中部走中外联合办学的道路，和国际接轨，拓展学生升学渠道。"

一个民办学校，了不得呀。这里本来就是杏坛圣地，希望我们的诗乡中学，也能办成中国的杏坛，世界的杏坛。

早在东汉时期，尹珍在这里开设讲堂——"旺草讲堂"。这时候，一千多年前，尹珍讲堂，那温厚的声音在旷野回响。人说北有孔子，南有尹珍。尹珍，东汉时期荆州刺史，在这里从教 15 年。东晋常璩《华阳国志·序志》上记，"荆州刺史尹珍，字道真，毋敛人"。毋敛，古夜郎国名，今独山、都匀、福泉一带，也有人认为就是正安。南朝范晔《后汉书·南蛮西南夷列传》记，"桓帝时，郡人尹珍自以生于荒裔，不知礼仪，乃从汝南许慎、应奉受经书图纬，学成，还乡里教授，于是南域始有学焉。珍官至荆州刺史。"从这里我们可以看到的是尹珍就教于当时中原的大学者——著有《说文解字》的许慎，这样的人物，对于尹珍最大的肯定是"于是南域始有学焉"。从这样一个在当时人们认为"连天际峰兮，飞鸟不通"的地方，走出去这样一个读书人，让人费解；能教就这样的大学者，也让人费解；能学成归里，在这里发展教育十多年就更让人费解。

这里不愧为一千多年前的贵州教育的发源地，尹珍地下有知，他会告诉我们，在明清时期从贵州这块地上走出了 6000 名举人，700 名进士，两名状元，一名探花。绥阳在今天被当今的大诗人们誉为"诗乡"。

这里有多少尹珍渊源。一个"荆州刺史"，到这里讲学 15 年，其心志，值得我们今天文化人思考。

循着尹珍"旺草讲堂"的足迹，走进跨越千年的诗乡中学。我们，一群顶礼者，惶恐而虔诚，也在这里开讲。

讲座完成，很有幸福感，那是因为也可以在贵州教育发源地，追寻先辈的足迹，做一点有用的事情而幸福。看着那可爱的孩子们学习的情景，老师们那青春焕发、活力四射，作为特聘教师，我愿意为之多做一点贡献。

这里有著名的红辣椒，宽阔的土地上，那红艳欲滴；这里有万亩金银花，天地间，飘逸着浓郁的芬芳。我似乎看见，诗的精灵在原野飞扬；我清晰地看见杏坛圣地上，一队队可爱的孩子，走向远方。

"姜子牙"草鞋

黄牯山下有草鞋。

在中国大众，千百年来，穿得最多的鞋，那应该就是草鞋。它经济实惠，对健康有好处，粗粗的鞋底，随时按摩脚，透气、接地气，人的精气与大地贯通，在今天以养生为第一要义的人来说，这是很吸引人的。从另外一个角度来说，最重要的还是环保。一双草鞋在脚上穿一两月，回归泥土，完成了它的全部生命。现代人很少有穿草鞋的，多把草鞋作为一种农耕文化的点缀，摆着作为一种纪念。两年前，我在梵净山脚下江口云舍买了一双拖鞋样子的草鞋，很珍贵地放着。夏天有时候穿穿，不错，真是接地气。

今年，丙申年，立夏日，又来到江口，这次是到黄牯山下的民和镇。黄牯山，梵净山的妹妹，武夷山脉。如牛的山姿，在斜晖脉脉之时，泛着金光。山上奇峰突起、绝壁千仞、怪石嶙峋、翠柏苍松。山中的磅礴诡谲，十分罕见，极为奇丽壮观，有多少秘密，人们还不知道。山下，竹海林园，流水汩汩，苍松倒挂奇峰之上，山羊嬉戏丛林之间。落地河、千丘田，在这里，山水田，做到了最好的搭配，黄牯山，及周边远远近近、高高低低的山峰，形成一巨大的莲花，花间是山脉小溪汇集的落地河，它是天上千条线、万条线落到地上汇成的河，经过黄牯山上千树万木的洗礼，经过黄牯山上一颗颗砾沙的浸透，聚成落地河憩息。

落地河有如一条玉带，挂在黄牯山边。这玉带的对面，是山的延伸，水的流连形成的千丘田。田与河交接处，有牛，成群休闲，沐浴着阳光。河上白鹭飞起，不时与牛打个招呼，留下美丽的倩影。千丘田，说是有四十八口井滋养，从不见干。在这里享受着山河田的风景画，不禁问，是先有落地河，还是千丘田，不过可以肯定，是先有这如莲花的山水仙境，才有了发现这仙境的人。这里的人是最有福气的，有人感叹地说："听老父亲说，思南人在二十世纪六十年代，饿饭的时候，没吃的，吃光的粮种，第二年开春，是来这里挑种子回家种田，来回二三百里地。好在这里有种子挑，要不是，还不知道该怎么办！"听他这么一说，更见这里的地之富庶，人之厚道。

在一阵敲锣打鼓的欢愉中，我们到了这人情厚重的封神壇，这是江口县民和镇龙兴村的一个自然村落。传说姜子牙在这里第二次封神。有很多美好的故事，还有一座奇异的山，平顶，天生平顶。人们说这就是姜子牙第二次封神的台子，封神台。不管怎么说，证明了这里的美丽富饶，才有这样的传说。

姜子牙封神台山，半山是古老的村寨，封神壇，它依山而在。雨后的山间，薄雾还在屋宇间不愿离去，给我们更多的神秘。树与水交织的村寨，如挂在山上的一幅巨大的油画作品。沿着进寨的石板路走，水从山上流下，又沿着房前屋后的小石渠，流淌着。正是柚子花开时，花香让人醉。柚子树下，掉下一层白白的柚子花，我欣喜地捡了些许，享受这大自然馈赠的礼物。

走进一户姓舒的人家，宽阔的院落，门前柚子花香，芭蕉叶绿。一个背小孩的老人，正端着盘花生招待客人。老人告诉我们，儿子媳妇都在外面打工，两个孙子，她和老头子带着。老头子刚从地里收蒜回来。这时我看见堂屋门口，刚出土的蒜晾了一地。蒜身上带着泥，湿漉漉的，飘来微微蒜香。

在一边坐着个六十多岁的男人，忙于手上的活路，没多关注我们的到来，应该是这家的男主人了。我走到他跟前，知道他在打草鞋。我还是第一次看见打草鞋，就这么简单，他坐在一个像木马的凳子上，"木马"头上几条细细的草绳子，他不断地在几根草绳间加草，编着，动作利索娴熟。看着看着，哎，就有了草鞋的形，还真是有技术。

中国人的鞋，如果要评选国鞋，我想，那一定是草鞋胜出。从原始人类到现在，草鞋，就没有脱离过中国人。从文献和先后出土的西周遗址中的草鞋实物，四川广汉汉墓陶俑都穿草鞋，以及汉墓陶俑脚上着草鞋的画像证实，早在三千多年前的商周时代就已出现了草鞋。草鞋，可算是中国人的一项重要发明。它最早的名字叫"扉"，相传为黄帝的臣子，不则所创造。以草作材料，经济，平民百姓也能自备。汉代称为"不借"。宋人吴炯在《五总志》一书的解释是：不借，草履也，谓其所用，人人均有，不待假借，故名不借。据史料记载，汉文帝刘恒，曾"履不借以视朝"。古代的诗人侠客、隐士似乎以穿草鞋为时髦。宋代诗人苏轼的古诗《定风波·莫听穿林打叶声》中有："竹杖芒鞋轻胜马，……一蓑烟雨任平生。"草鞋让隐士侠客们显得十分飘逸、洒脱、超然。《三国演义》中的刘皇叔就是卖草鞋出身。说明草鞋在古代不仅平民百姓普遍穿用，连皇帝、侠客们、诗人们都穿草鞋。它的编织材料多种，可以稻草、麦秸苞谷皮、麻，东北有用乌拉草。有系绳的，也有拖鞋形式的。

草鞋在中国社会生活中形成了一种文化，草鞋文化，体现了勤劳和智慧；现在又寄予了新的文化内涵——环保和资源的再利用。不久的将来，草鞋将会带着这种文化绑在我们的脚上，让我们享受这中华民族赐予的舒适和健康。

在上山下乡当知青的时候，我曾经热衷于穿草鞋，那时候，只是为了争表现，为了显示自己彻底地和贫下中农打成一片，就是要穿草鞋。我的第一双草鞋，是一个贫下中农给我专门打的，添加了布条和麻，好看又结实。第一天穿着赶场，双脚打了血泡，贫下中农告诉我，不能捆得太紧，要多穿，慢慢地鞋和人一体了，不会打脚。还真是，后来穿着上山砍柴，下地除草，真是鞋和脚一体，不再打脚，很是喜欢。

看着老人家那有力的双手，在草鞋架子上灵活地翻动着稻草，不时加一块布，两丝麻。我拿着地上的一个似梭子一样的物件，问他："老伯，这个是做哪样用的，这样光滑如玉。"他说："这是用来把编好的草鞋打紧，压平的。你没见过这样玉的木头吧，这是我家爷爷他们以前就用的，少说也有一百年了。"他骄傲地说着，拿起它卡进草鞋，啪啪打了两下。

这时候我仿佛看到了看到了，江口100岁老兵杨昌文，刘宪玉他们走过来，他们那么的年轻，脚上穿着新新的草鞋，兴许是头天晚上刚打的。他们走了，走进了抗战，走进了贵州80万草鞋兵的队伍，走进了抗日战争的正面战场，留下的是那一双双带血的草鞋。

看到了，看到了，穿着草鞋的红军，建立革命根据地，开展游击战，走上二万五千里长征途，红军战士们穿着草鞋，翻山越岭，北上抗日的情景。还有那"打双草鞋送给郎，南征北战打胜仗""脚穿草鞋跟党走，刀山火海不回头"的场面。

看到了，江口解放，解放军进黄牯山剿匪，那里的一双双草鞋留下的脚印，留下的许多英勇故事。

这时候，老人的草鞋就要完成了。我对老人说："老伯，我们这里是姜子牙第二次封神的地方？"是的，当然是！""你说姜子牙当年穿的，是不是草鞋？"

他狡黠地笑着说:"那是一定的,只能穿草鞋。"

我说:"那我今天就买你这双草鞋。"我想,这双在姜子牙封神台下打的草鞋,它有灵气,带着现代气息。

"你客气,要喜欢,这草鞋,就送你了!"

我高兴地接过草鞋说:"好,我要留它一个好名字'姜子牙草鞋'!"

遵义青山红军坟

　　遵义这块红色的土地，有一百多座红军坟，这是红军在这块土地上浴血奋战的见证，也是遵义人民对红军永远不忘的情义信物。它体现的是一种文化意义，那就是，遵义红色记忆。

　　石板镇有一座山，名叫青山。青山上，就有这样一座红军坟。

　　我来到青山红军坟。

　　那里真是个好地方，你背靠着青山，便面朝了宽阔的水泊渡水库。

　　山脚下是一条弯曲的沿山公路，有一个好名字，香樟大道。大道一面靠山，一面沿水，沿水的一边是双排的香樟树，碗口粗的树干，青翠欲滴的枝叶。路沿着水蜿蜒，树跟着路逶迤。沿着路，只见树的绿荫如黛，透过树，可见水的烟波渺茫。

　　半山上便是红军坟，远远可见那松柏间鲜亮的花圈。沿山而上是层次分明的石板砌出的梯土，那就是当年国家主席视察过的"坡改梯工程"。一台台梯土，使坡土变平，保住了水土。

　　路边地里，一位爷爷赶着牛在犁地，一位婆婆挥着锄头在劈土，一位小姑娘跟在婆婆的后面种着苗。我上前和大爷说说话，"大爷这种的是哪样？"大爷听我问话，笑意从眼里流了出来，"哦，这是油菜啦嘛。我们这是赶早。过些时间，这里的地全都会种上。你们要是明年开春来，这里的油菜花哦，那个好看喽！"

沿着石板阶梯上到红军坟。

青松翠柏围着青石坟，墓碑石上刻着"为有牺牲多壮志，敢教日月换新天"的字句。一块两米多高的青石碑上刻着"红军烈士墓志"。根据墓志铭介绍，1935 年初，红军长征到遵义，三进三出，历时四个多月，足迹遍及全县城乡，红军做出很大牺牲，安葬在此的几位红军烈士的遗骨，多不知道姓名。红军遗骨收敛安葬于石板镇，后来石板镇扩展建设，红军坟迁到这个风水宝地。

站在红军坟前，望着眼前的一层层梯土，这二十多年前的"坡改梯"工程，是石板镇当时的一个建设亮点。这个"坡改梯"工程称得上"动地惊天"。那是在 1991 年 12 月，当时的国家最高领导来遵义考察，知道石板镇的坡改梯工程，就来到了这里，还亲自动手挖地。石板镇的修志人说，这是我们石板镇的光荣，我们在此立碑纪念，碑上大书"动地惊天"四个大字。石板镇人进行"坡改梯"，就是"动地"，这个工程惊动了国家最高领导人，就是"惊天"，四个大字，概括得真是有气魄！

望着远处烟波浩渺的水泊渡水库，又想起水库边另一块石碑上"劈山炸石坡改梯功在当代，勤耕苦种奔小康造福子孙"的对联。

这真是"浩浩青山红军坟，渺渺烟波水泊渡，动地惊天坡改梯，勤耕苦种子孙福"。

站在这青山绿水的红军坟前，水库边一路香樟，郁郁葱葱……

石碾没有忘记

旧州，沐浴了灿烂阳光后，暴雨又给我们洗礼。雨后，夕阳从乌云中露出半张脸，洒下千万条金线，照耀着这条苍茫的大道。这是两条近两公里长的大道，它是如此地开阔遥远，远到与天边相连，与云端相伴。走上这条茫茫的旧州机场的跑道，有多少思绪在碰撞啊！

眼前，这通往天边的开阔地，今天作为机场的功能早已退化，解放后，先利用做军垦农场，后来又转为养殖场。而今我们漫步其间，大建设的热潮扑面而来。一排排挖掘机长长的巨铲，举起时在原野上显得特别有"肌肉感"，"嘎嘎嘎嘎"的马达轰鸣声，激动着人心。这里，正改造为低空飞行练习基地。改造工程，正进行得热火朝天。新的跑道即将展现在旧州大坝上，新型的现代化机场将以另一种姿态造福于民。

而草坪上有一群鹅，却十分地悠闲，在宽阔的青草地上迈着方步，优哉游哉，尽情享受这如画的葱绿草坪，与热火朝天的建设工地形成十分有趣的对比，也更映衬出工地的繁忙。见我们走来，一只狮头鹅展开它的大翅膀，向我们嘎嘎大叫，不知是欢迎我们，还是向我们示威。想来，应该是前者吧！一头水牛躺在泥塘里，抬头向天，摇动着一对弯角，甩着一身泥浆，一头牛犊四蹄撒欢，从远方奔向它的母亲。啊！黄平旧州机场，多么地诗情画意啊！

机场的青草坪里，还躺着巨大的石头碾子。这是当年建设抗战机场时，留下的压路机械。看看这一人高的巨大的石滚子，再看看旁边正在作业的现代化机械，你就可想象，当年的建设，是多么的艰苦，黄平人民，付出了多少辛勤的汗水，才能完成这么壮阔的工程。据说，原本有 12 个大石碾，现在还有两个保留在旧机场跑道边，另外两个，则摆放在黄平县革命历史陈列馆里，石碾上刻着"打倒日本"四个大字，今天还清晰可见。

历史，石碾没有忘记啊！

黄平，其名来源于旧州万亩大坝，地势开阔平展，"厥土为黄"，因而得名。旧州历史可追溯到战国，是当时且兰王国之"首府"。且兰国和夜郎国都是那时的古国。三国时代的"牂牁"郡治，也在旧州，蜀汉派马忠为牂牁郡太守，马忠当年就住在旧州。可见这里自古就是军事重地，具有厚重的历史文化。

石碾，没有忘记。在这万亩大坝之中，黄平旧州飞机场于 1941 年动工兴建，黄平及周边十多个县的老百姓十余万人参加了机场建设。12 个大石碾，每个石碾都需要近百人拉动。1943 年，机场完成第一期工程并开始启用；1944 年，扩建为甲级航空站机场。可以说，黄平旧州抗战机场，是黄平和周边兄弟县老百姓用肩膀，流着血汗拉出来的！

机场建成后，陈纳德将军领导的"飞虎队"（即美国第十四航空队）一部驻守旧州。在长达数年的时间里，"飞虎队"的战机在旧州机场频频起降，先后参加了长沙会战、湘西会战、武汉保卫战、衡阳保卫战等著名战役，给日本侵略军以沉重打击。

机场建在黄平这宽阔的黄土地上，纵横交错的河流，让它具有了天然的伪装。日军的侦察机虽曾多次侦察，而旧州机场终因群山环绕，河道与跑道平行，北面有农田、村舍和茂密的树木，具有天然的掩护作用而安然无恙。从 1943 年秋到 1945 年春，旧州机场的中美空军同日本空军作战数十次，击落日机 120 余架，并多次成功地轰炸日军地面部队，有力地打击了日本侵略者。

离机场几公里的飞云崖边上，一道刀砍斧劈的山崖，凿有 12 个如屋似厅的巨洞，12 个洞，洞洞相连，这就是当年的弹药库，也是一个日军侦查飞机无法发现的保险库。

在日本飞机肆无忌惮地轰炸了我国的其他机场后，进入贵州独山时，突然出现每天 100 多架次的中国飞机，迎头狙击。日本人哪里知道，在贵州的山地里，黄平旧州会隐藏着这么多的飞机。黄平旧州飞机场在抗战时期发挥了重要的战略攻防作用，是中美联盟反抗法西斯光辉历史的见证。

我看见，石碾静静地躺在这块土地上，它的脚下，铺垫着厚厚的绿草，它的肩上，披盖着厚厚的绿苔。碾身斑驳，时代沧桑，在这块宽阔的黄土地上，它厚重如雕塑，沉稳如卫兵，世世代代守卫着旧州大地。

我看见，石碾边，草坪上，一簇小红花正开得蓬蓬勃勃，大雨之后，越发鲜艳……

第四章
吟唱那美丽家园

　　人类最早表现情绪的形式，应该是舞蹈了。兴之所至或者心有所结，需要排解发泄，形之于肢体语言，是最自然不过的了，连动物也如此的表现。同时，舞蹈也是最能表达情绪的形式了，《礼记·乐记》："言之不足，故长言之；长言之不足，故嗟叹之；嗟叹之不足，故不知手之舞之足之蹈之也。"

龙 灯

小时候，住的小县城，那时是没有玩龙灯的。其实不是没有，是那时候不准玩，属于封建迷信的东西。有关龙灯的事情，是在大人们的龙门阵里。妈妈小时候在农村长大，见到过好多龙灯，她很喜欢。她说：小的时候，正月间会有好多龙灯，有用稻草扎的草龙，竹子扎的篾龙，纸糊的纸龙，布缝的布龙，还有用长板凳接起来的板凳龙。颜色有黄、赤和青。耍龙灯可是有讲究的，一般是两条龙一起耍，动作就有，双龙戏珠、大龙卷小龙、小龙穿大龙。耍的时候双龙盘旋，又分又合，从不会打结的。乡下人，认为天上有龙，龙是管雨水的，地里的庄稼，要靠老天爷。舞龙就是乞求龙王爷，保佑风调雨顺，四季丰收。过年龙灯进寨，孩子们最高兴，一群孩子，前前后后跟着龙灯，龙灯走到哪里，孩子们到哪里，那是一个开心热闹。她就是一个跟着跑的孩子，外婆说她是一个疯丫头，一个姑娘跟着些男娃娃到处跑。不过外婆每次都是说说而已。妈妈说："那是她们每年都盼望的事情，是最幸福的时候。"

听她说龙灯，我更是期盼龙灯，问妈妈："我们这里什么时候可以看到玩龙灯的。"她说："会有的。"现在是"要过一个革命化的春节"。我对龙灯有了更多美好的想象。

那年过年，我们一家回外婆家过年，看到了龙灯，很有些兴奋。那时候，城里人没有吃的，什么都是凭票，乡下要好一些。我们一家人一年吃的肉和油，要靠过年到乡下外婆家，悄悄买一点，市面上是没有卖的。在市面上卖，那是不行的，是属于"投机倒把"要被抓起来的。说"悄悄买"，是说乡下人家杀猪的时候，到他家里去，买一点。

外婆家住的寨子叫尧上，尧上是一个依山傍水的地方，一大坝子，每年的油菜花、秧苗、稻子，都是最漂亮的。多数人家依山而住，坝子上只有一户人家，我们喊舅爷，河沙坝舅爷家，住在那里，我们在他家买肉。那么美丽的粮田，一条小河从坝中间过，河边一小山堡，其间山石古树，有如大坝上的一盆景，那是神仙之地呀。

尧上人家都是沾亲带故的，一家杀猪的时候，寨上的人都去吃杀猪饭，大家都转着吃，图的是个热闹人气。我们家去，总是带上一包白糖，给孩子压岁钱，再买一点肉。这样寨上的十几家走下来，就买了一两百斤肉，有了这些肉，炼油，做腊肉带回家，一大家人一年吃的肉、油就全靠它了。

到外婆家，过年有好吃的、好玩的。最难忘的是在那里看到玩龙灯。龙灯，一个团队，十来个人，从初三开始，就走村串寨，龙灯走到哪家，就在院坝里，门槛前跳，主人家出门招呼。两条龙，还有一个拿宝的，宝是逗龙的，二龙抢宝，是代表性的动作。

龙灯走到了外婆家，外婆家小地名叫水井湾，一口井，两人家，是尧上地理位置最好的人家。最大的优势，井就在厨房边，如自己家的大水缸，其他人家还来这里挑水。那时候的农村吃水，是一家人要解决的最重要的问题。我每天都在水井边洗漱，来挑水的嬢嬢姑婆见我，说：守着一口井洗脸，洗得多漂亮。

这天我正在井边洗脸，只看见对面竹林里，隐隐透着红，那红色在流动，越来越多，我看见了，看见，那是龙灯来了，红色布龙。

龙灯来到了外婆家院坝。院坝不大，他们玩得好欢喜，我终于看到了妈妈说的龙。他们玩着各样动作，双龙戏珠、大龙卷小龙、小龙穿大龙、双龙盘旋。一个人对外婆家说吉祥的祝福语，外婆说那是说福示。他说了好多，让我记住的就是主人家来年吉星高照、风调雨顺、谷粮满仓。龙灯在前面玩，我和几个小孩跟在后面跑，学着他们的舞龙的动作，左右摇动、上下起伏，仿佛自己也在玩龙灯了，开心、幸福。

我跟着舞龙，陶醉。一会外婆来了，提一块肉、一包糖，交给门口说着吉祥话的人。龙灯谢过，走了。我们也跟着走了，到寨上另外一家。

20 世纪 80 年代初，我们县里开始玩龙灯，我和几个朋友挤在人群中，往前靠，希望能离龙灯近一点，能看见龙灯。从人头攒动的空中望到，用纸扎成的长长的龙灯，在翻滚，动作和外婆家见到的差不多，不同的是，在龙灯的两边有好多人，拿着火花炮对着玩龙的人喷。玩龙的人，在冰雪天全赤裸着上身，下面是一条短裤，光着脚，在跳着跑，拿火花炮的人，喷他们手上的火花，向龙灯，烧龙灯。这是烧火龙。

烧火龙，民间流传着许多故事。传说很久以前，一个风调雨顺的地方来了条火龙，浑身喷火，兴妖作怪。从此，土地干裂、禾苗枯死，农民心焦如焚。这时，一对年轻夫妻铤身而出，带领大家凿山引水。然而，水通了，火龙又来了，它张开血口，喷出烈火，烧死年轻夫妇，烤干了水的源头。年轻夫妇的孩子到峨眉山求仙学法。三年后归来，与恶龙苦战三天三夜，用神火将恶龙烧死在洞里，他自己也力竭身亡。从此，风调雨顺、五谷丰登。当地人民为纪念他，每年元宵之夜，要举行烧龙活动。

"火龙"，是用纸扎成的，长十七八米，分为五节，四周扎满五颜六色的鞭炮。起舞前，先燃响鞭炮，以引龙出海。然后一队赤膊袒胸、举着火棍的舞火龙者，随着快速的锣鼓声响起，在场上快跑，反复三次，"请龙"。"火龙"出场了，绕着大圈舞，从龙嘴中喷火，紧接着龙身上扎着的鞭炮被点燃了，从头至尾，火光四射，霹雳连声。巨大的龙身就在烟火和爆响的包围之中，上下翻飞、左右腾舞。场上的烟花架，朝天射出串串烟花，五彩缤纷、璀璨夺目。整个活动十多分钟，待烟火熄灭，火龙也被烧掉了。这时候舞火龙者的胳膊上、胸脯上灼起一个个血泡，以血泡最多者为"吉利"。

我有幸能看到这样的有些野性的玩龙灯，被这样的火龙震惊，被人战胜龙的强大的精神震惊。

多少年过去了，又回到外婆家。外婆已早就不在了，她永远地住在水井湾尧上的坡上，面对河沙坝那一美丽的"盆景"，看着花开花谢、水涨水落。今年我们要去看看她。还有想看看，那里的龙灯是否依旧。

我们几姐妹弄了一个中巴，几家人，带着老妈妈，驱车而往。

一路上说着，在外婆家最难忘的事情，除了吃的，排第一位的还是龙灯。小表弟说他小的时候玩过板凳龙、草笆龙。我说："我们没见过，你就吹吧。"他说："那绝对不是吹的。那时候，已经是 20 世纪 80 年代初了，过年的时候，两三个十来岁的娃娃，自己用谷草，捆一个龙头，一个龙尾，中间用绳子链接，用点红布条捆在上面，一头一尾捆在杆子上，两个人举着，中间绳子是活动的，就可以舞，真是那么回事。正月时节，在村口，场口，见着年龄大一点的我们走上去，先舞龙一番，说吉祥话，他们就会给一两角钱。你不相信，到家我可以马上给你弄一个，舞几圈，你要给钱的哟。"我说："这个好，当然给钱。"

正说着，我们行驶在乡村公路上的车停了下来，前面一个红布拦着，不让行走。还正在想是怎么回事情，一个龙灯队出现，一条长龙围着我们的车翻滚起舞。"哦！好漂亮！"小妹高喊。我们想下车去看，小表弟说："不能，没有时间了，你们下去他们也要完了。"我们几姐妹在车上绕着圈，跟着外面的龙灯跑。照相的，有的照着头，有的照着尾。

车外的龙灯队伍，开始说福示："自从盘古开天地，三皇五帝到如今。乾坤安定河山壮，百姓安居万事兴。这拨龙灯耍过后，主家发达事事新。"

小表弟给了钱，我们的车向前。

就要进寨了，阔别48年的尧上，我来了。还好，那一坝田还在，老树还在，水井湾还在，以前尧上，那过年家家杀猪，转转吃杀猪饭的情景没有了，人都出去打工，在外面买房子住了，还在尧上的是老的小的，叫作留守。留守，那也是准备出去了，将出去。

妈妈看着她的老家有些心酸，说这么热闹的地方，今天都没人了。水井湾外婆家，外婆已经在水井湾后山上几十年了，现在这里还有一老表，听说我们要来，特意在这个家燃起火，炊烟袅袅迎接我们。

我们把车停在河沙坝小学边，小学放假了，几个孩子在球场玩。刚走上外婆家的石坎路，从老树后出来三个拿着稻草龙的小孩子，在我们面前，不好意思地玩。

我走过去对他们说："你们会玩些哪样动作，耍给我看看。不要说你们都不会吧？"

"我们会的，你看。"说着大一点的孩子从树后面又拿出一条稻草龙，一个人操作，两个小的孩子，一人举龙头，一个举龙尾，两条又舞开了。他们还变着花样，玩得真可爱。

我对大孩子说："你把龙头给我，我们一起玩，可以吗？"

"当然。"他把龙头递给了我，他拿龙尾，我们一起玩龙灯。我高，随时弯着一点腰，他矮，随时踮着脚，大龙抱小龙，我高兴地玩。我问："娃娃，现在尧上过年还有人家请龙灯没有？""这里没有，都没有多少人家住了。不过场上有。"我有些失落，看不到小时候那种龙灯了。

玩结束了，给孩子们一点钱，拿去买本书。他们腼腆地接过，不忘给我说祝福语："嬢嬢，漂亮美丽，健康长寿！"

我们离开玩稻草龙的孩子。走向水井湾。仿佛听到外婆在说："娟，你喜欢的龙灯来了。"

神秘洞葬

高坡的洞葬，壮丽而神秘。

高坡，花溪区的一个乡，距贵阳48公里。是离省城很近的一个乡镇，一个美丽而神秘的地方。高山的台地，高高的山峰，层层的梯田，葱茏的竹林间隐约的农家，画也没有这么美；迷幻的浓雾，秋冬时节浓雾弥漫，来去如行云天，好似人间仙境，为美景增加了神秘；玄妙的洞葬，古老的苗族风俗，至今还有它的逸风，古老而神秘。高坡有自然的风景，有变化多端的气候，有神秘而古朴的民风，这是最吸引我们这些现代城市人的地方。

我们一行20人，开会之余来到这里，正是秋高气爽的好天气，车过了花溪行驶在乡村公路上，路不算宽，路面却很好。高坡高坡，名字就告诉我们它在高高的坡上。不过沿途的风景绝不单调，层层梯田金黄的稻谷，不断传来打斗有节奏的声音，是那样的悦耳。在海拔1700米的高山台地上种水稻，田里的水是"望天水"，老天下雨时就蓄水，那就要望老天爷帮忙才能有好收成。高山天气凉，这里的温度比平坝子的地方低，种稻子是不容易的，不过往往这样条件生长的农作物还更有它的特色。这里的水稻就是最优的，高坡红米是很著名的，煮熟后色泽红润、香气袭人、入口糯软爽口，因它的产量不高，当然也就更是珍贵。

看这绮丽壮观的自然风光，层层梯田连云接天，点点村舍树绕竹环，东北端云顶处是龙里的万亩草场，葱茏一片，俨然一派塞北风光；红崖峡，林茂谷深，洞水蜿蜒而流，在阳光的照耀下，如丝如弦；摆弓岩瀑布，如苗家少女，多姿多彩。

高坡为典型高原台地，地势北高南低，北为高山台地，南为峰丛畦地。地质系喀斯特岩溶地质，山高岩低，直上直下，多溶洞。溶洞，就是这里的苗族人民洞葬悬棺的最好条件。最近又在高坡乡五寨村东南 4 公里的北杉坪半坡岩洞内，发现了建于明末清初的苗族洞葬遗址，有 30 余具棺木。

洞葬遗址，在高坡已经发现的最大的要数甲定苗族洞葬墓，它位于贵阳市花溪区高波乡甲定村龙打岩，在半山腰一天然洞穴内，洞深 35 米、宽 10 米、高 20 余米。洞内共葬各型棺木百余具，分上下两层，以井字架原木支撑棺木，第一层棺木摆满后，再往上摆二层、三层以至七层，高达 5.6 米。这些棺木存坏任其自然。地面摆放数以百计的小陶罐。

同行的乡干部告诉我们，该洞葬为甲定村王姓苗族同胞从古至今葬人之处。今保存完好的棺木有 60 余具，其他已自然腐烂。苗乡民风古朴，民俗浓郁，芦笙舞、跳花洞、斗牛、射背牌、敲牛祭祖等，无不呈现独特的民族风情。其中最让人难忘的是，跳洞舞。它与神秘的苗家"洞葬"紧密相联。每到春节，苗族同胞在洞穴里跳舞，以祭奠祖先。这个"洞"就是祖先的墓地，跳洞舞，作为丧葬舞蹈，跳洞舞不仅是春节进行，有丧事的人家也会跳洞舞。一般是在家里设立灵堂，亲戚带上芦笙，用舞蹈来悼念死者。以前进行丧事活动时，人们会在洞中跳舞，现在基本没有"洞葬"，跳洞舞也就在家里进行，所以也有人称之为"跳场舞"。

其实跳洞舞还有一作用，就是联谊。正月期间，远近的苗家人都聚集在一个个有"洞"的村寨，一个"洞"跳一天舞，亲戚朋友之间也借机联络感情。而对于青年男女来说，则是一个"相亲"的机会，通过跳洞认识、熟悉……杉坪村的家庭基本都是由这样的开始组成的。不过现在的情况是变化了，也有好多年轻人是在外面找来了他的"另一半"，但跳洞舞，也还是一个"相亲"的机会。

　　大家进到洞墓，看着层层摆放的棺柩，他们没有墓志铭，也没有墓碑，不知道姓名，看不到任何年月的标注，都静静安放在那里。大家的考证、联想就多了……

飘香的厕所

晨曦，桃桃开始了她一天的工作。

桃桃在镇报纸分发点，拿了100份《晚报》。她一边走一边叫卖，"晚报、晚报。"桃桃几年前，下岗了。刚开始的时候和朋友一起做点生意，结果是老本都赔了。两年前，她承包了镇民心路公厕的卫生管理，当了个厕所保洁员，钱虽然不多，辛苦一点，也还自由，桃桃干得很愉快。只是她必须顺带着做点其他事，才够她家的生活。按她的工作情况，她每天在来上班的时候拿一点《晚报》，一路卖着来，报纸也卖了一小半了，剩下的放到她工作的地方去卖。

为了把她承包的厕所搞得漂亮点，她动了脑筋。从家里抬来了一个小方桌，放在公厕的一角，桌上放一小钵她花了三块钱从花市买来的文竹，文竹前面是一叠《晚报》，再从家里抬了一把木椅子，桃桃把椅子刷洗得发白，能见着木纹。墙角边还要不时点上一两根藏香，她专门选的玫瑰花香型藏香，她觉得只有这个香型的才符合她的这个厕所。藏香，是朋友支持她的工作，做批发时候的一些零散，用不了几个钱，桃桃拿来对改善厕所的空气就有益了。

报纸旁边有一个精致的小铁盒子，买报纸的人说一声，拿了报纸，把钱放到盒子里就好。慢慢地，人们也不管她在不在，只管把钱放在那里，拿了报纸就走人。多是这一面街道的人，天天都能见到的，也有过路的，不知是为什么，也都这样，还没有拿报纸不交钱的。就这点，被一个记者发现了，还在报纸上专门报道了这一现象，标题是"特别报亭"，引得好多人的关注。

桃桃在这里干保洁员的工作，两年了，每天都是一样程序，得到这里人的称赞，为此她很高兴。犯愁时间也有，那就是停水的时候，特别是突然停水，这叫她犯难了，前几天突然停水，最后只有自己到有水的地方去挑，有时候还要叫上女儿，再不行就是花点钱找人弄点水来。要厕所飘香，那只要保洁员认真打扫，应该就没有问题，但是她知道，要节能，少用水，每天冲厕所的水哗哗地流走，让人心痛。要做到既是飘香的厕所，又是节能的厕所，那该多好。桃桃手上在做事，思想也没闲着。一位大爷买了报，正看着，激动地说："你快来看，快来看，报上写你呢。这里，这里《飘香的厕所》，黎老师写的！"大爷有些激动。

桃桃不以为然，在洗手池边摆着她从花店带来的花瓣，几个花瓣鲜活地在水池边，那样的自然鲜美。桃桃走过来抬着文竹到水管边，要在上面洒点水，看看大爷手上的报纸，问道，"哪个黎老师写的？写我做哪样？"

"就是小区阮老师家黎老师，你看看，看，人家黎老师说，她和你摆谈的时候，你不经意的一句话，最让她感动，'做这个工作没得哪样窍门，只要把它当成自己家的厕所来打扫，就什么事都没有了！'你说得多好啊！"

这天下午，还不到下班的时间，报纸就卖完了。桃桃照例把最后的一份留下，夹到报夹上，她每天都要留一份报纸在这里，常有人来看。这时候外面热闹起来，桃桃准备出去看看，黎老师就带着记者走过来，拉着桃桃的手大声地说："不用采访我，要好好报道一下她，她这样的人，才是我们电视台上百姓关注的。"电视台的人、过路人在厕所前围了好多。

最后电视台记者问桃桃："最后我想问一下,你最大的愿望是什么?"

桃桃想了一下说："那就是要让我们的厕所既保洁又节能,永远飘香!"

投我以木瓜，报之以琼琚

　　正是木瓜青绿泛黄的时节，来到罗甸大小井。这里距县城 20 公里，从贵阳过来也就两个多小时的车程。这是一个仅有几十户人家的布依寨，隐藏在森林峡谷里，沿着弯弯曲曲的公路，依着绿水涟漪的霸王河，上至源头。车到尽头，水到源头，但见重峦叠嶂、雄峰挺拔、峭壁悬崖、山如斧劈，山间的碧影潭，绿中透蓝、平静安稳。但见半方古屯，一坝良田，水青岸绿、鱼翔浅滩、古榕遮天、凤竹茂密。大小井两个村寨，依山傍水，隔河相望于山脚竹林间。谷子收割了，田间留有燃烧稻草的灰迹，为下一轮的种植储备养料。

　　一派田园风光，让人陶醉。

　　望佛崖山脚一片片苞谷地，苞谷已收，套种的红薯还留守着。只见一二十棵木瓜树，生长在土边石坎间，一个布依族大妈正在土里忙着。

　　啊！这还是第一次见到长在树上的木瓜，不免有些激动，我怀着新奇而惊诧的心情急忙走过去。一棵棵木瓜树比我高不了多少，树干如手腕粗，密密的果实，直接长在树干上。我数了数，最多的一棵有三十多个，树顶上还开有小花。黄花绿果，一溜地从树干上垂下来，大小相依，小的如蛋，大的过拳。近地的最大，有如实心球大小的，慢慢往上，越来越小、越来越青嫩。可见果实最先从下面的树干长出。已成熟的果实在太阳的照耀下，透着微微的青红。见我们到来而略有些手足无措的布依大妈见我稀奇，就说："我给你找一个成熟一点的。"说着弯着腰在一棵木瓜树上找，摘了一个递给我说："这个熟了。"我一看，青皮内里隐隐地透出一点焦黄。我们问木瓜的吃法，大妈说：可以炒来吃，炖肉吃。木瓜，在海南和云南倒是经常吃到，近年贵阳也渐渐多了起来。在宴席的炖汤里，也经常吃到木瓜条。但在罗甸，才见到了种在玉米地边的木瓜树，见到了结在树干上的木瓜。树干上挂满木瓜，十分可爱有趣，着实吸引眼球。

木瓜，又称海棠梨、铁脚梨。初夏赏花，秋季赏果，深秋变红，十分艳丽。它营养丰富，半个中等大小的木瓜足供一天所需的维生素 C，因此，木瓜还有"万寿果"之称。

见到木瓜，自然想起了《诗经·国风·卫风·木瓜》里的诗句，"投我以木瓜，报之以琼琚。匪报也，永以为好也""你赠给我果子，我回赠你美玉。其实不是回赠的问题，而是愿意永远结成美好友谊"，这里的诗句与"投桃报李"不同，回报的东西价值要比受赠的东西大得多，其实，这体现了一种人类的高级情感沟通，心心相印，是精神上的契合，价值的高低，只是一种象征性的意义，表现的是对他人情意的珍视。

现在重温这一诗句，更知木瓜是在我国春秋战国时期就有的果子。而火龙果则来自墨西哥和巴西，一个是中国本土水果，一个是海外洋玩意，都在罗甸这块土地上生长得蓬蓬勃勃。更有意思的是罗甸也盛产玉石，莫非"投我以木瓜，报之以琼琚"，就说的是罗甸的风情？

这里奇妙的东西真是多，比如，据说在大小井神奇的响水洞河中和天坑碧潭里，有一种神奇的白色小石子，村民们叫它"跑马石"，这种石子与一般的石子没有什么两样，但只要放在盘中，倒进去醋，石子便会"走"动。这里石头都含有大量的硫酸铝，所以河中的水，才像碧玉一般，是不是这样的石头遇到酸产生化学作用而被催动了呢？

　　接过大妈递给我的木瓜，她手腕上的玉镯又吸引了我。半透明淡绿色的玉，正是罗甸玉的色调。我说："大妈，玉镯好漂亮哦。"她骄傲地说："这就是我们本地方的石头，戴了好多年了。"我忽然在心里乐了，"投我以木瓜，报之以琼琚"，该不是说的这位木瓜大妈的青春往事吧？

顶着露珠的小草

伟人说过，家庭是社会的细胞。社会状态的很多方面取决于社会每一个家庭的状态。册亨丫他镇巴金村有这样一个普普通通的少数民族家庭，自觉而自发地做着传承民族文化的大事，册亨浓郁的民族文化氛围和环境，就是许许多多这样的家庭和个人所共同营造构建而成。

下午，夕阳在西。初冬的季节在册亨这个有"天然温室"之称的地方，给人的感觉是如春的适宜。一路的甘蔗正如那无边的青纱帐，连绵不断的甘蔗田园和收割甘蔗的人从车窗外闪过，这正是我省产糖地区的自然景色。

绿色覆盖着两边的山坡，虽是冬日，但车行山路，窗外连绵的景色全是绿色，竟然还有不时闯入眼帘的红花，尤其是那一丛丛的三角梅，红得像火焰又像天边的晚霞。

从册亨出来20多公里，就到了丫他镇巴金村。此行的目的，就是特意去看一个家庭原生态歌舞艺术团——丫他镇巴金村苗族芦笙歌舞艺术团。团长是家里的女婿，而岳母、女儿，两个外孙，一家祖孙三代是团里的台柱子，其余的团员，也全是自家亲戚，老老少少共二十余人，小的只有六七岁，而老的已有六十多岁。他们活跃在乡镇的街头巷尾，村落的坝子田间，丰富了各族农民百姓的文化生活。县文联黄主席告诉我们，他们正准备为这个团长申报苗族文化传承人的称号。

在天下布依聚册亨的地方，苗族仅有一万人，但他们发展本民族文化的精神却如此高涨，十分难能可贵。因此，尽管我们的时间很紧，也一定要去见识见识。县文联黄主席在路上就电话通知团长陶永文，说："我们只有半个小时的时间给你们，你们要做好准备，我们一到就开始，把你们的绝活拿出来。"

车子刚刚拐进一个胡同，就听到远远的芦笙的吹奏声。我们下了车，直奔目的地。一个空旷的水泥坝子上，一块巨型的喷着彩绘图案的矩形背景布铺在地下，这就是他们给自己框定的舞台，上面还印着艺术团的图文介绍，十分具有创意。

演员们身着苗族盛装，有人介绍，从服饰上看，他们属于红苗，装扮很是漂亮。团长三十来岁，个子不高，眼里闪烁着聪慧。因为我们时间有限，团长就给我们准备了五个节目，然后递给我们一张手写的节目单。只见节目单里上面写着：芦笙历史发展舞、迎宾舞、踩牛桩、口琴调、卷地龙舞。

他们的表演以芦笙歌舞为主，这正是苗族歌舞的特色。男孩子们边吹边跳，女孩子们则跟着节奏与男孩子对跳。他们把这种舞蹈的步伐称为"踩"，芦笙舞就叫"踩芦笙"，称呼十分形象。

在他们的艺术团中，跳得最好的，却是那个六七岁的小外孙。芦笙舞"踩牛桩"，就是他表演的。

"踩牛桩"是苗族芦笙舞的一个传统节目。相传苗族杀牛祭祀，捆牛时，在地上留下一些木桩，一些勇敢的年轻人，兴之所至，就跳到木桩上"踩芦笙"，以后就形成了一种专门的芦笙舞蹈"踩牛桩"。由于"踩芦笙"的人只能在木桩上跳动，又要边吹边舞，要求较高，所以并不是每一个人都可以完成"踩牛桩"的动作的。

只见小外孙跳到两个桩子上顺时针转三圈，逆时针转三圈，其余的人则只能吹着芦笙围着桩子转。小男孩的精彩表演，使整个演出气氛达到高潮。

接下来上"台"表演的是团队里两位最年长的妇女，她们身着盛装站在"布台"上，带着一种神秘的表情，既不唱也不跳，大家一下安静了，我们等待着，不知道她们表演什么。只见她们把手握到口边，突然，一种弦乐的声音慢慢地流淌出来，声音由远及近，由小到大，一会又仿佛飘走了。声音低微婉转，如魔幻般的天籁。这就是苗家有名的"口弦"了。报幕的小姑娘称为"口琴调"。

演奏结束后，我们都纷纷上去参观这种神秘的乐器。口琴属于单片弦，薄铜片制成，其构造形状像一把袖珍的剑。铜片约宽二分长三寸，中间分裂一片为簧，吹奏时以簧贴唇，按照曲调从喉咙深处吐出气流，与拨动簧片尖端振动所发出的声音共鸣。口琴是我国最小的民族乐器，汉语通称"口弦"，在我国彝族、苗族、景颇族、哈尼族、纳西族、赫哲族等西南少数民族的音乐生活中，占有重要地位。其历史可以追溯到远古时代的簧。据史籍文献记载，簧是一种用竹或铁制成的横在口中演奏的乐器。自先秦至晋，簧是作为贵族使用的"高雅"乐器，尤为文人雅士所喜爱。苗族口琴来自先秦的簧，是一种历史悠久的乐器了。

团长告诉我，口琴是苗族妇女的乐器，尤其是上点年纪的妇女几乎人手一副口琴，用一个精致的小竹筒盛装，挂在胸前，或纳于怀中、收于绑腿间，闲暇之余便取出吹奏。芦笙是苗族男人的代表，口琴则是苗族女人的"专利"。口琴声低回婉转，只有极亲近的人可以共享，远不可闻，是一种私密音乐。这种高雅的乐器，既是苗族妇女生活的伙伴，更是浪漫的爱情信使。

　　最年长的口琴演奏者就是团长的老岳母，叫侯志义，她拿出口琴摆在手心里给我观看，非常珍爱地说："我们随时带在身上，想吹就拿出来随时可用。"我问"她教得有学生没有。"她笑着说："有，都是自己家的娃娃，我要求她们必须要学，不要把这个传统弄丢了。"

　　我问团长，"艺术团能不能赚钱，他们靠什么养家。"他告诉我，他在镇上开了一家芦笙店，生意还不错。两年前组建了这样一个艺术团，目的在于把老一辈的这些艺术传承下来，并不图什么，就在自己快乐，也给大家带来快乐。刚才跳"踩牛桩"的是他的小儿子，孩子学得早，可塑性大，跳得最好。说时，他流露出一种疼爱而自豪的眼光。

　　我顺着他的目光看过去，说："他很可爱，就像苗山上一棵顶着露珠的小草！"

　　车开动了，艺术团的一家老老少少们，向我们挥动着手，"踩牛桩"的小儿子把手中的芦笙高高举起，夕阳照着他绿色的衣服，芦笙闪闪发光，远远地望去，真像草叶上闪着一颗露珠的光芒……

红红火火红漫天

红水河岸红果焰，红红火火红漫天。

到罗甸红水河千岛湖，一路美不胜收。

寒露已过，沿公路两山，一片连一片的火龙果，煞是壮观。这是一种酷似仙人掌的植物，无论河坝坡谷梯土，一片片热热闹闹，给这块土地平添了满满的幸福感觉。

美丽的火龙果，这时候大多已经收割，有的枝干上还挂有星星点点的，便好像刻意给我们留着，告诉我们：喏，我们就是这个样子的！这里的火龙果有多少？我当然不知道统计数据，但我们的汽车差不多环穿了罗甸大地，以我亲眼所见，用"成千上万亩"这个词，一定不会错。这里的火龙果结得太好，以它昙花或仙人掌一般的枝形，承受不了满树果实的重量，要用顶上做成托盘的水泥桩子支撑。一队队排列整齐的火龙果枝干桩，那是一山又一山，似满山站立的卫兵，整整齐齐，接受检阅，汇报着今年丰收的喜讯。

美丽的火龙果，虽然需要水泥桩支撑，但枝干十分柔韧，树茎只要贴在岩石上亦可生长，植株抗风力极强，只要支架牢固，台风也刮不断。花开如昙花，有红花、黄花、白花，艳丽多彩、朵朵向阳，顶着阳光照、雨露淋，开多大的花，就结多大的果。但红花黄花白花，都结红皮的果，而果肉有红有白。罗甸火龙果都是红色果肉，鲜红欲滴。不过有人说，有黄色的果黄色的肉，是更珍贵的品种。黄色果肉的火龙果没见过，我们在贵阳买到的火龙果，切开一般都是白色的果肉，淡味，似乎适合不宜吃甜的人吃，而罗甸火龙果，切开，那红艳艳的果肉，又甜又津，格外爽口。

美丽的火龙果，有一个美好的传说，说是在墨西哥，阿兹特克时期，有一位贫苦的阿兹特克妇女在沙漠中迷路，干渴饥饿，倒在沙漠之中，在她奄奄一息，陷入绝望之时，冥冥中，似乎有神灵给她吃下了一颗鲜红夺目的火龙果，这位阿兹特克妇女神奇地苏醒过来，体力快速恢复，几近干裂的嘴唇魔幻般红润起来，一股神奇的力量如波浪式地渐次传遍全身，她精神饱满，顺利地走出沙漠！

阿兹特克，在14~16世纪的墨西哥古文明时期，阿兹特克文明与印加文明、玛雅文明并称为中南美三大文明。阿兹特克文明是世界历史上一个独树一帜的古文明，于15世纪在墨西哥中部建立了帝国。这个传说可让人了解的是，火龙果在墨西哥这些中美国家，已经有好几百年的历史了。

美丽的火龙果，神奇的水果。从墨西哥和巴西这样一些中美洲热带沙漠上走来，走过南洋，进入台湾，通过海南，到贵州，最早"落户"罗甸，在这个"贵州的三亚"，开花结果。从零星粗放地种植，到现在"升级"为密集型管理的支柱产业，罗甸获得"中国火龙果之乡"的誉名，获得国家农产品地理标志保护——"罗甸火龙果"。

美丽的火龙果，它的家乡罗甸，这里有红水河千岛湖，它的周边就是最好的火龙果生长之地，这里的山水湖泊，就是孕育它的天地。

千岛湖，是红水河龙滩水电站大坝蓄水后形成的美丽湖泊。一个个山峦被淹后，它们的山峰还兀立于水面，于是形成了众多独具特色的半岛及岛屿。群峰高耸、碧波荡漾，岛屿、半岛星罗棋布，是深藏在黔桂两省交界万山丛中的一颗明珠。在千岛湖的地面，只要有土地的地方，你就能看到火龙果的阵列。

同行的罗甸朋友，如数家珍地介绍，火龙果因为像一团红色火球而得名，营养丰富、功能独特，它含有一般植物少有的植物性白蛋白以及花青素，丰富的维生素和水溶性膳食纤维，属于凉性水果。最奇特的是，火龙果是长寿植物，可以成活几十年乃至上百年。因其含有的独特成分，对人体有绝佳的保健功效。美丽的火龙果，在人类可食植物果实中位居上流。它外美内秀，蕴意着吉祥、健康、富贵、长寿，是人类众多美好追求的吉祥果。

红水河的羊里码头与广西天峨县接壤，罗天乐大桥连接两地，跨过大桥我们一不小心就溜出省了。走过罗天乐大桥，桥头的界碑清楚写着"广西"，桥头一棵紫荆花开得正茂，这是香港的市花，典型的热带花卉。

我在界碑高处，远望红水河。红水河因两边山脉多为黄沙土，雨后河水呈现红色而得名，是珠江源头之一。现在由于龙滩电站的蓄水，这里已经是一片汪洋，烟波浩渺，靠两岸，有绿色小房，水上宾馆，是垂钓的好地方。罗甸钓鱼协会的杨会长告诉我，到这里钓鱼，是要预约的，否则没有你的位置。网上帖子和照片显示，一位渔友，在羊里码头钓上73斤的大鱼。我想，在这水上宾馆住着，看着两山的火龙果，开花结果，漫漫长长，几个月的花果天地，花美果更艳，赏着美景，品尝新鲜的火龙果，要不惬意都很难。

从这里向东，就是荔波县，美丽的大小七孔、水上森林、鸳鸯湖，闻名遐迩；向南，是广西的巴马县，那里是著名的长寿之乡，引得多少人向往。罗甸，就在这样一个地域，既具备了美丽，又具备了长寿。

人们说"湖泊是大地的眼睛"。罗甸高原千岛湖，是中国最年轻的湖泊，是群山环抱着的大地最美的眼睛，是中国西部"高原泽国"中一颗璀璨夺目的"水上明珠"。

据介绍，罗甸县 34 万人中，100 周岁以上老人有 23 人，最大年龄 108 岁。90 岁~100 岁老人有 589 人，众多长寿老人生活在这块美丽的土地上。

路边时有当地人售卖火龙果的棚子，接送我们的汽车驾驶员知心地停了下来，大家一拥而下。罗甸的朋友赶忙说："不要急，我先教你们认识正宗的罗甸火龙果，辨认火龙果的新果与陈果。"罗甸朋友说着，拿着一个，说："像这个，果皮上长满着一个个的瓣，就是新鲜的，像那个，果子是光溜溜的红，就是陈果。"说着，他剥开手里的果实，只见通体透红、肉质细腻、鲜艳亮眼，他表演似的咬了一口，红色晕染嘴唇，带着红红的汁液，"味甜，多汁，肉质细，正是正宗的罗甸火龙果。"

几个卖果子的布依大妈笑着说："新鲜的，新鲜的，刚从坡上摘下来，你们看，还有点点露水呢。"

他们的话还未说完，大家早一哄而上……

布依转场舞天下

　　人类最早表现情绪的形式，应该是舞蹈了。兴之所至或者心有所结需要排解发泄，形之于肢体语言，是最自然不过的了，这是譬如连动物也如此的表现。同时，舞蹈也是最能表达情绪的形式了，《礼记·乐记》："言之不足，故长言之；长言之不足，故嗟叹之；嗟叹之不足，故不知手之舞之足之蹈之也。"可见，舞蹈最能够表达人的情绪，也是中国最早的艺术典籍所认为的。为什么当下歌唱者往往需要伴舞，就是因为伴舞才能引发观众最热烈的情绪。

　　无疑，你可以想象，8000 人同时舞动的册亨转场舞，引爆的会是怎么样的情景。上海大世界老总的话言简意赅，很表达了他的感受："太震撼了！"

　　11 月 21 日，农历十月初八，是布依族的折刀粑节，也是丰收节，是册亨的布依文化年，每年的这天都要举行庆祝活动。而今天的布依族文化年，更是让人动心：天下布依聚居的册亨，天下闻名的布依舞蹈的册亨，将八千布依儿女同乐，八千布依儿女共舞，他们要用 8000 人规模的册亨布依"转场舞"，创造上海大世界基尼斯新纪录。

　　我有幸现场感受了这一激动人心的场景。

　　我虽不在舞蹈人群中，而心早已飞进场，巴不得与他们一起尽情享受这手舞足蹈之乐。但那是违反规矩的，我只有不停地找人合影。每当相机镜头对准我们，我总发现，布依老人们那饱经风霜的脸，在深蓝的布依服饰映衬下，笑得那样的开心；布依少女们那桃花一样艳丽的脸，在浅蓝的布依服饰和银光闪烁的首饰映衬下，如春花般娇艳；而布依孩子们洋溢着稚气的脸，衬托着布依服饰上的美丽花边，闪现着向往和幸福的表情。他们有的来自学校机关，也有的来自乡镇农村。

和我合影的几个身着鲜艳民族服装的漂亮姑娘，原来是民族中学的老师。一个红衣姑娘告诉我，她们县70多所学校的学生，课间操都要练习布依转场舞，同时也是她们体育课的重要内容，这一举措对民族文化的传承发挥了很好的作用。

一个蓝衣姑娘抢着说："转场舞是我们布依族原生态舞蹈，最早源于威旁乡大寨村。威旁乡大寨村流传着这样一个民间故事：清朝末年，有一王姓寨主，常常依仗权势欺压百姓。有一年大年三十晚，布依百姓终于奋起反抗，一把火将寨主家化为灰烬。人们敲锣打鼓，无论男女，大家手拉着手，围着大火狂欢舞蹈，庆祝胜利，于是大寨'转场舞'这一独特的布依民族风情舞蹈由此而产生流传。这以后，每逢正月十三至十六期间，大家跳起转场舞，欢喜闹新春，逐步发展成为欢迎远方客人，庆祝丰收的喜庆欢舞。"

穿绿衣的姑娘又介绍说："布依转场舞以击钹镲、敲锣鼓为节奏，不限人数，男女青年均手拉着手，踏着奔放热情而整齐的节奏，气氛热烈。整个舞蹈有八个流程套式：踏歌迎客、并肩祈福、罗盘定安、挑山顶梁、蛙步闹春、穿针引线、龙舞凤飞、欢庆丰收。"

几个年轻的姑娘热情而清楚的介绍让我很快了解了布依转场舞的情况，真是几个称职的老师。

转场舞，这个充满着强悍勇敢、乐观向上精神的民族舞蹈，已经是名声在外了。册亨布依族参加了多次对外表演，多次在省、州举办的民族民间舞蹈汇演及比赛中获奖，2008 年，成功申报入选为贵州省第二批省级非物质文化遗产项目名录，也是在我省召开的第九届全国少数民族传统体育运动会的热场表演和迎宾仪式节目。

今天，在这者楼河畔的布依民族文化广场上，人山人海。者楼河畔，半山上有中央电视台的摄制组，有上海吉尼斯公证员；者楼河两岸、楼房上、山路上、坝子里，一直到半山腰，人头攒动，大家都将共同见证这一激动人心的时刻。

突然，礼炮轰鸣，七彩的烟柱直冲蓝天，好像巨大的彩虹笼罩了广场。祭台上，一名剽悍的布依男子敲起铜鼓，顿时，8000 名男女青年手牵着手，时而合拢肩并肩，时而分开手拉手，时而低头围圈左右并脚移动，时而双手平举抬头欢跳，时而转体 180 度蹬跳移动。他们脚尖着地，脚跟内靠呈八字形，用力蹬弹，节奏欢快。最难的动作是大家手拉手，还要将一只脚抬起搭在手上，单脚跳跃。随着布依山歌、芦笙、锣鼓的欢快节奏，他们奔放自如、潇洒大方，每个人的脸上都洋溢着开心的笑容，跳到酣畅处，就仰天大声欢呼。

8039 名演员组成 56 个圆圈，象征着 56 个民族，在祖国的怀抱里，和谐共处，携手建设美好家园。身着布依盛装的演员们纵横蹁跹，如花海旋流，展现了布依人民热爱生活、团结互助、追求幸福、向往和谐生活的美好情怀。

这时，大会组委会宣布申报纪录成功，大家更加欢欣鼓舞，刚才和我交谈的那三个身着红蓝绿彩色民族服装的老师，笑着向我招手，我跑过去拉着她们的手，随着鼓点旋转起来。蓝天白云、青山绿水在眼前旋转，鼓点节奏越来越欢快，围观的人们，加入舞蹈大军的人越来越多，布依民族文化广场转场舞的圈子越来越大，越来越大……

大龙飞起白云飘

　　顺山谷而行。只见灯火阑珊，不见山谷峦峦，只听瀑布声响，不见流水潺潺。

　　从玉屏直到大龙，十多分钟的车路。

　　到了大龙镇，我们到湖南省一个叫鱼市镇大坝河的地方吃晚饭。

　　湖南大坝河的水流到贵州大龙的鲇鱼塘。这是一个两省人吃饭的山庄。

　　大龙，据说因这里有山叫"龙山"而得名。龙山，因山形如一条腾飞之龙而得名。"龙"之所在，地域独有，"黔东门户"，商贾重地，实际上，就是一个旱码头。

　　早在20世纪70年代，我有个思南乡姐，参加湘黔铁路的修建，听她们说起，大龙那时候就是一个大站，她们在这里艰苦奋战了两年，留下一段青春往事，也让我很早就知道了大龙之名。

　　2008年初，在那场震惊中外的大雪凝冻时期，我第一次踏上玉屏这块土地，采写铜仁军民奋勇抗凝冻的情况，就感受了地理位置特殊的大龙，了解了大龙作为320国道，省际交通要塞，车行至此，凝冻滞留，聚集大龙的情况。

而六年后的今天，我再到玉屏，直击大龙，今天的大龙，已经是一个省级经济开发区了，五年内还将升级为"国家级经济开发区"，建成一个现代化的生态工业新城。

在湖南大坝河吃过晚饭，回大龙宾馆的路上，灯火辉煌之中，我看到的是一个现代化的都市，完全不能理解它只是一个镇。

夜色中的大龙，如罩上一层面纱的美人，美在那现代化的含蓄与深邃。广场上华灯闪烁，孩子们玩着现代化的电子游戏车，老人们休闲地漫步在广场边，跳舞大姐迈着华尔兹的舞步，舞姿具有现代性，还真不是一般大妈们跳的"坝坝舞"。音乐的节奏展示着她们的健康与快乐。我们一行人被她们的激情感染，也不自觉地加入进舞队中跳了起来。有人说："我们跳一跳，投入这美丽城镇的怀抱。"

虽然时间有限，我们不过走马观花地采访，但亲身感受到了这个新兴的现代化生态工业新城的建设氛围。见证了这个现代化的"旱码头"。

大龙的新兴工业多为环保型。最典型的是那化腐朽为神奇的"贵州大龙银星汞业"，它的任务是处置含汞废触媒、含汞盐泥、有色金属冶炼的渣烟尘，企业的生产管理，有利于国家对汞金属的流向监控，有力地支撑了我国对世界做出的限汞减排的承诺。

听着这些深奥的专业术语介绍，我虽然不得其真奥，但美如公园的厂区，却让我感受到了它为什么叫"环保工业"。

当我们走过巨型烟囱直冲云天的大龙发电厂，却不见灰烟滚滚黑雾浓浓，只见烟囱冒出微微的白气，但见天空白云飘飘。原来在这里发电厂的烟雾已经变废为宝，被它旁边的"大龙汇成新材料有限公司"的"电厂脱硫项目"吸收利用，电厂的烟雾，被输送到这里，解除了它的污染元素——二氧化硫，经过脱硫，生成了新的工业原料。电厂烟囱干净了，同时还为大龙发电厂节约上亿元环保费用。在贵州实现煤电锰一体化的工业建设中，起着示范作用。

　　短暂的采访，虽然难以深入了解大龙的工业经济发展情况，但站在汇成公司宽阔的厂区广场上，望着一道之隔的大龙发电厂巨大的烟囱，我心中默念，但愿大龙不断腾飞，飞起处，总是伴着白云悠悠……

笑声飞处柚花香

溪边柚花香，屋前农人忙。这是一个如诗似画的村寨。舞阳河边，靠河，低海拔，适宜瓜果生长，常年花香四溢、硕果累累。多少年来这里上好的柑橘、大板栗、柚子、杨梅，映照着村人笑脸。

这里的柚子有个特别美的名字——"仙柚"。这个名字相连着一个美丽的传说。相传当年八大仙人中的何仙姑游历到这里，见到这美丽潕阳河绕过一个个小山村，山水相好人勤劳，她碰见一位正在地里辛勤劳动的小伙子，便给了他一些柚子种子，说："种下去，这里就会变成人间仙境"。果然，村民们种下何仙姑给的柚子种子后，不但柚子形美味美，同时，这里也变得粮食丰登、瓜果飘香。于是，人们就把这种独特的柚子叫"仙柚"。

小满时节，我们来到了这人间仙境，玉屏大龙南宁村，潕阳河边的美丽乡村。依山顺水，小寨三岔，小满时节，时而飘着点小雨，而雨后乡村空气更加清新。山洗得葱绿，水泛着微波，潕河岸边，房前屋后的柚子树上，一嘟噜的小白花带着小柚果，果刚如樱桃大，花还残留清香。新雨洗嫩果，果上带着剔透的水滴。不忍从它边上过，总怕碰着这水晶玲珑。

一条小渠绕寨而行，水清丽而急，时时跌下微微的小石坎，形成美丽的袖珍瀑布。小渠从寨上人家房前屋后流过，渠边有洗菜浣衣的姑娘妇女。

我们顺着小渠走，弯弯的小渠一路给我们欣喜。几个在渠边洗衣服的小媳妇大姑娘说笑着，看到她们在渠边石头上挥动的棒槌，有一种久违的感觉，又不禁想起那首唱响贵州的民歌《情姐下河洗衣裳》，"棒槌打在妹拇指，痛就痛在郎心上"。洗衣的姑娘媳妇看着我，脸上露出笑意。我问那洗衣的妹妹："现在不是都有洗衣机吗，你们为什么还要这样洗衣服？不是费力费时？"她们说："洗衣机？洗不干净衣服上的黄泥巴，还必须靠我们这样捶洗呢！"说着，她们笑嘻嘻地又啪啪地捶起来。

在她们啪啪的棒槌声里，我一下明白了一个深刻的道理，其实机器是完成洗衣的工序，而妹妹们用手洗棒槌捶，那是用心在洗呢！用心洗，所以格外干净。啊，美丽的劳动，美丽的道理！我也用心照下这美妙的图画。

顺着小渠走，弯弯的小渠带我走到这里的文化之家。许氏家族读书人，许成功的家。许成功是第七届全国人大代表，这里的成功人士。许家大门前，门上悬挂着"高阳门第"的大匾，两边楹联写着"礼仪传家运，诗书世泽长"。大门的对面是同治年间进士许步青的石碑。石碑靠着许家祠堂。看来这里应该是这个寨上许氏家族的中心了。

从这里，我们了解到这个寨子和其他地方的不一样，这里的人都以知书达理为荣，邻里间和谐，没有偷牛盗马、打牌赌博的事情。有这样的家风、村风，才能"礼仪传家运，诗书世泽长"。一副楹联，概括出了南宁村人的精神面貌。走过祠堂，一个小院，几个妇女正在做针线，我悄悄细看，她们做的是现在的时尚针线"十字绣"。绣图各不一样，有松鹤、鱼龙，有送子观音……她们一边飞针引线，一边悄悄地说笑，没注意我来到她们身后。我不忍打扰她们的雅兴，悄悄退了出来。

顺着小渠走，弯弯的小渠带我走到又一个院子，一位老人站在大门口，手扶着大门框，看着今天寨上来的城里人，那眉眼很有精神。我走近她问道："老人家，今年高寿？"她朝我笑笑，没有回答。在门口渠边洗葱的大嫂对我说："老人今年九十了，前两年还能做家事，现在自己的事情还能打理，精神还好呢！"

"哦，你们这里的山好水好，人也长寿。"

"啊，我们这里高寿的还是不少呢。"她边说边整理着洗干净的白嫩嫩的"葱"。这种葱我们叫它"藠头"。葱头的白，葱干的绿，整整齐齐放在框里，就是一幅静物图。一种闲适的美顿时涌上我的心头。我便帮着她整理藠头，和她摆摆龙门阵，说着她家的这四合小院，她站起来对我说："我家儿子的院子在河边，我带你去看看。"我跟着她走过门前的小道，走进一个宽阔的坝子，一栋坐南朝北的木房一下亮在眼前，房子应该有几十年了，有一些沧桑但很结实，修护得很好。站在门前，远远可见宽阔的潕阳河烟波渺茫，仿佛从天上流过来，在这里打了一个弯，从屋子的侧面而过。留下沿河的一片片柚子林。

河对面是一心村。远远能看见那火热的工地，挖掘机、推土机你来我往，正在新建一个潕阳河边 300 亩的商贸城，还有那侗家的风雨桥，为潕阳河添美加彩，沪昆高铁从此通过，这里专设"一心站"，明年便可通车。一个现代化的乡镇正在大龙形成。而这里是典型的美丽乡村。

院子上下的柚子树都开着花挂着果，正是花果同体的时节，表现出一种特殊的美。蜜蜂飞绕，柚花香得沁人。大嫂告诉我，这里的柚子树，有的是刚种一两年的，有的是三年以上的。柚子树是在老枝上嫁接的，三年就开始结果。一般一棵树能结 150 个柚子，大的树最多的有 500 个。一个卖 12 元，"仙柚"供不应求，还要预订。

我对大嫂说："那你们一年就是柚子都有不少的收入了？"她笑笑说，

她家结果的树还不多，不过几千块钱还是有的。这里的柚子比其他果树都好，它好种，生命力强，这些年其他的都不怎么好，慢慢淘汰了，柚子四季常青，能观赏，果实味美，很有经济价值。我们这里的"仙柚"，就更有价值了。

大嫂用一个塑料袋装了一袋她刚才洗净的藠头，一定要给我一点带回贵阳去。我说给她点钱，她笑着说："你笑话我了，这就是柚子林下种的，自己家的东西，哪里还要钱。"这时来找我的镇里的干部小吴笑着说："这地方有个风俗，叫'讨葱蒜'，是自己喜欢的人，就要送点葱蒜。本来那主要是年轻男女之间表达爱情的一种方式，后来慢慢就演变成生活中表达友情的方式了，大嫂喜欢你呢。"啊，既有这样的说法，我还真得收下这份心意呢！

大嫂站在柚子林边看着我们离去，洗衣服的姑娘媳妇们也说笑着回来了，笑声中，我又闻到那飘飞的柚子花香……

三合二寺

三合二寺，二寺同体不同山。一正一副，一上一下，这就是遵义县三合镇的灵荫寺。走过多少祖国的大好河山，上过多少寺庙，没有总结过，不过有一个感受，那就是，有寺庙的地方必然好风景。见的风景多，寺庙也不少，可从来没有见过像三合这样的寺庙，一个寺庙分在两个山头的。这两个寺庙所在的山，正好是在与三合大街平行的一条线上。正庙在东，副庙在西。正庙又叫上荫，副庙又叫下荫。二寺背后靠的大山下是贵遵高速公路，面朝开阔平坦的三合大街，还能看到 210 国道，那是贵阳到遵义的老路。

二寺如巨人张开的双臂，合抱着三合，又如天神两尊佑护着这方土地。

这里新建的"山河多娇"古镇，正在二寺脚下。同行的镇干部告诉，山河多娇古镇的修建形式，是镇里组织了几车群众代表去重庆、成都参观、考察那里的古镇形式后选定的方案。修建的是大家喜欢的具有地方特征的"四立三间"的形式，其实这也是古老的黔北民居的形式。

顺山河多娇古镇边，是长 8.5 公里，宽 40 米的东南大道，这时候远远可见一排排吊车，正在帮着一根根路灯杆竖立起，还有那一排排豆荫树也随着吊车的牵引站了起来。再看不远处的 210 国道，这时候显得是那样的古老和沧桑。它完成了半个世纪的使命，这时候还在见证着这里发展变化的每一天。

走上雷山的下荫寺，很轻松。山不高，山门却很有灵气，幽深中透着禅气，小巧上看出宁静，却显出它的与众不同。寺里今天人好像特别的多，进进出出地忙着。我正狐疑，一阵鞭炮响起，跟着来的是红彤彤的腰鼓队，热闹的鼓声从鞭炮声中蹿出。腰鼓队从雷山脚打到山上，刚停下来，还没来得及歇脚。又是一阵的鞭炮声，腰鼓点子，一对红红火火的秧歌队又上来了。我们同行人无不欢喜，看来我们今天是有好运了，寺里一定是有什么大的活动。我走到寺里，找到一位居士，问她今天寺里有什么大事。她听说我们是外面来的朋友，高兴地说："那你们来好了，今天我们这里的一尊菩萨开光，你们是有福之人，与佛有缘之人呐，你们快进来，开光仪式马上开始咯。"

下山又上山，我们又来到了上荫寺。这里的山比下荫寺的山要高大。山下是一口大大的堰塘，堰塘边是浓浓的树荫，树荫边是一片片的良田。从 210 国道上，可以完整地看到这一派如画的仙境。而站在高高的山冈上，遥望远方，三合镇就在我们的脚下。

同行镇干部给我介绍：三合镇今天的发展，以堰河村到刀靶村 210 国道沿线为发展轴线，一个以三合镇区为中心的，"放射式"的空间结构。分支以阁老坝、江滨新村、新站、金鸡、刀靶、互合、马坪六个中心村。东北部村以发展工业为主，西南部以发展农业和旅游业为主。

我仿佛看见，川黔线上的四大站之一的刀靶历史文化古镇。那历史悠久，人文、红色文化资源丰富，那保存完好的黔北民居古建筑和红军长征时红三军团进驻刀靶时师、团、营、连及首长古镇住址旧址，看到当年鏖战之战场上的硝烟。古镇上那有盐号、马店、客栈、油脂加工厂、面粉加工店、染坊的繁华街市与富足的人们。

我仿佛看到，阁老坝那川黔线上的一个小站，那川流不息的火车。那古老的街市、街道是三合镇境内较繁华的一条乡村集镇，街道宽阔平坦，房屋整齐美观，川黔铁路上一道亮丽的风景"阁庄新村"。赶场日，来自贵阳、息烽、遵义的客商及毗邻镇、村的民众，都能满载而归。

我们进了山门，惊得门前林中的鸟儿飞起，它打破了那份静谧的宁静。远方三合镇，有如一个小县城，城镇化建设让这里的人脸上扬着欢笑，走路也不一样，街上的人来来往往，都忙着自己的事情。寺门口的小狗先出来打着吠，表示欢迎。一位年老的居士出来迎接我们。这里正在修缮，镇里的干部和他聊着这里的修缮事宜。看着这边的动静，跟刚才那边完全不一样。我奇怪地问他，"这里是灵荫寺的正庙，怎么见不到僧人？"他笑着介绍："我们这个寺有近三百年的历史，以前在三合南街上，搬上来有二十多年了。这里有三个师傅，五六十个居士，平时这里热闹得很，香火旺。今天是观音菩萨生日，他们都去外地的大庙给菩萨上香去了，到安顺那边的大庙学习去了。""学习？他们去学习些哪样？"我有些奇怪地问。老人说："学习办寺的好经验，还有好多新东西要学习。"

啊，我才知道，在这个信息交流的社会，寺庙的管理交流也叫学习了，真有意思！

三合四月天

三合，人间四月天。

在四月八的日子里，走进遵义县三合镇。老话说"四月八，水打鸭""四月八，开秧门"。说是这一天，如果下雨，这一年就会风调雨顺。在雨蒙蒙中，我们到达了三合，三合，今年将会风调雨顺。

我们的车驶过宽阔笔直的东南大道，一派欣欣向荣的景象，八车道的现代化康庄大道，两边一车车比电杆还高的树木，一棵棵在吊车的帮助下站起来。大家看着这场景，激动地要求驾驶师傅靠边停车，我们下去拍照，留下这热火朝天的场面，这是城镇化建设的典型画面。

领队的镇领导说："这条道 8.5 公里长，40 米宽，北面接遵义南白镇、南面接贵阳高速，道路两边兴建黔北民居安置房 300 多户。正在栽种的这些树是豆荫树，开大朵朵的红花白花，美得很，到时候欢迎你们来这里欣赏。"

我们忙前忙后地照相，已过了"沾衣不湿杏花雨"的时节，雨有点大，落在脸上身上很快就见湿了，但没人顾及，大家都被这如火如荼如画的场景吸引住了。

我静静地站在这宽阔美丽的大道上，遥望远方的 210 国道，思绪徜徉，这条通道是遵义通往贵阳的重要之路，现在正发生着翻天覆地的变化。20多年前，我的家，一半在贵阳一半在遵义，我们常在这条道上来往，对它有太多的感情，每次过往遵义总是在三合镇这里吃饭，一桌地道的黔北饭菜那样可口，总让人留恋。今天，这里又改变了模样。

我们穿过老210国道，到了堰河村。这里是城镇建设的省级示范村，白墙灰瓦的新型干栏式建筑，结合黔北民居和城市别墅的样式，更多的是乡村院落的风情。在一群白鹅、花鸭的长歌声中，我们进入了一个乡村度假之家，第一眼就看到"四月八，水打鸭"的场面，不过现在的育秧早已经不是以前的水秧育苗，而是先进的旱秧育苗，所以也就看不到"四月八，开秧门"的场面了。

这里气候宜人，风景如画。每年夏季，很多外地人来这里住上十天半月，最多的是重庆人，他们来这里避暑，享受与重庆家乡相同而又自有特别之处的"川菜"。

我们走进的这一乡村度假之家，接待我们的，竟是一个本家妹子，在忙着安排我们的同时，她自豪地说："今天就有重庆人打电话过来预定七八月的房间，那是人最多的时候了。"

这个现代化城镇边的堰河村，背山面田。山中有堰塘——花堰、肖家堰。两个堰塘分别位于本村后山的左右两边，就像为村里放置的两口巨大水缸。两个堰塘都是二十世纪五十年代修建的，半个多世纪以来从没有干过。山上的树木，塘里的清水，让这里四季如春，真是一个人间四月天的好地方。老天对这方人特别地眷顾，让这里的人们幸福常在。

穿过现代化的农业蔬菜基地，看了大棚蔬菜，又看传统农业。只见大片大片的大葱和莲花白，长得好是可人！我们走进一块莲花白，看着那脸盆般大的新绿的菜包包，忍不住就想摸摸。正在地里割莲花白的老人看着我的动作，仿佛看懂我的心思，说："妹妹，你不要看它外叶上有虫虫吃过，我们的蔬菜无公害，不打农药，虫虫吃得，人就吃得噢！"他说得我好开心，是嘞，我们太需要这样的蔬菜了！

我们顺着菜地往上走，碰见两小青年拿着鱼竿从堰塘上面下来，我问上面是哪个堰塘，"花堰！""有鱼吗？""有，就是不上钩！"大家都笑起来。

翻上堰塘大堤，顿觉眼前一亮，好一派烟雨蒙蒙、杨柳依依、满山翠绿的画面！花堰，有这样美丽的地方，才用得上这样漂亮的名字。如花的堰，多娇的美。多姿的堰塘边还有那雨中垂钓之人，那份闲趣让人羡慕。

侧面的堰边隐隐约约有房屋，一个农人从边上的翠竹林里冒出，怀里抱了一捆笋子，缓缓走过来，后面的小狗紧跟着。我上去问，他告诉我堰塘边的老房子是他的老屋，现在他们已经搬到靠马路的新房子了，来这里摘笋子。我说："为什么不留着它让它生长？"他说："这里的竹子就是个风景，把多余的摘掉，长得更好，风景才好看。"

他家从老房子搬到了靠 210 国道边的新房子。现在一家人还有两三亩地，搞一点传统农业。我指着不远处我们刚才走过的现代化大棚蔬菜说："大棚种植和传统种植有什么不同？"他看了看我说："其实，在这个季节它们也没有太多的区别。四月间，温暖花开，阳光雨露，都好，大棚里外一个样。不一样的是秋冬，大棚种植在那个时候才显现出它的优势来。但不管什么种植，总是要用农家肥，才是真正的好蔬菜。"

我们一路聊着，不一会儿，就到他家了，一栋气派的黔北民居新楼出现在我眼前，我还在惊叹，他放下手上的笋子，热情地邀请我们进屋坐坐。我们告诉他，还要去肖家堰呢，就不坐了。在他的指点下，我们走过正在新建的乡村大道，到了肖家堰。它和花堰几乎在靠山的同一直线上，来这里避暑的重庆朋友说，花堰和肖家堰，就是一对连心堰。肖家堰没有花堰的如画，但比花堰乖巧。

　　沿着肖家堰宽宽的大路走一走，堰塘边山上的农人在忙着给苞谷施肥，几个妇女不知寻到什么好笑料，在那里笑得前俯后仰。堰塘下面，现代化乡镇的观光路上，几个人正在忙着安装太阳能路灯，"它会自己亮的哟！"几个放学的孩子对我说。看他们穿衣打扮，举手投足，与城里的孩子简直没什么两样。我问他们，"你们这是去哪里呀？""放学回家呗。""家住哪里呀？""肖家堰舍。"哎哟，家住肖家堰，我好生羡慕和向往哟！

郎岱再识歪梳苗

　　郎岱，六枝特区的一个古镇，始建于明朝初年，于雍正六年建县，滇黔古驿道的必经之地。新中国成立时期，郎岱县城和平解放，在 20 世纪 60 年代还是一个县级行政机构。

　　郎岱坝子，不少专家认为这是古代夜郎国的中心地区。郎岱有八景名胜，现存抢眼的是北驿文峰塔，在城东北约二里之处。在进镇的平阳大道上就能看见它在小山峦上屹立着，圆山尖笔，独插云天。

　　郎岱古镇古风犹存，我们买着了郎岱酱，吃着了郎岱凉粉，还邂逅了让我眼前一亮的苗家姑娘。

　　她们的头上都有一把梳子。说明她们是歪梳苗。

　　我曾经在水城马坝村写过一篇散文：《正穿苗衣歪梳苗发》。在这里，我再次邂逅了她们。

　　歪梳苗分布在安顺、毕节、六盘水等地方。安顺、毕节等地的歪梳苗，用一把约 20 厘米的长木梳斜缠长发盘于头顶，长长的梳子留在头上作为装饰物。头发在那把长长的梳上绕过，颇有几分婆娑之感。而马坝村的歪梳苗是短梳子，美观之中却透着实在。如果我们说长梳子的歪梳苗是浪漫主义，那么短梳子的歪梳苗就是现实主义，或者说一个是写意，一个是写实。

郎岱的歪梳苗也是短梳子，但她们把头发前面属于刘海部分歪向的一边，用梳子把它别在耳朵上方，却又属于"写意派"，更多了几分妩媚。

同是歪梳苗，不同的地域，却各有各的特色，各有各的风采。

出了郎岱镇，我们到了北坟冲寨阿乐村。这一路是十里长的大坝，十里长的现代新农村观光大道。

但其实这里原是古驿道，在公路旁，一些路段还远远可见那两米宽的古驿道的遗存。青菜塘村，就是一个古驿站，阿乐驿，也是一个古驿站。古道遗风，沧桑几分。

过了阿乐驿馆，就到了歪梳苗寨了！

一群身着盛装的苗家女孩早已在等候着我们。

阿乐本是布依族村，郎岱也主要是布依族所在。然而，在阿乐布依村寨里，却有一个苗族寨子。真是有意思。

阿乐苗寨的歪梳苗属于红苗，服饰以红色为主调，配上橙黄色的绣花围裙，十分漂亮，而马坝的歪梳苗，以天蓝色为主调，配以深蓝色绣肩，各有千秋，一个火热，一个清爽。

当姑娘们的敬酒歌唱起来，丰富多彩的歌舞跳起来，我趁机走出她们的圈子。走到两个年纪大一点的妇女那里，我发现，当那些姑娘们歌舞之前，就是她们在给予指导。果然，她们如数家珍地告诉我，姑娘们的表演有月亮之歌、麻布之歌、恋爱对唱山歌、绣裙歌……

当姑娘们拿出芦笙吹奏时，大概尚未练熟，好一会找不着调子，年纪更大的那位大妈终于忍不住跑了过去，带着姑娘们吹了起来。芦笙吹奏，歌舞也就进入高潮，也就预示着，欢乐接近尾声了。

我问另一位端庄大气的苗家大嫂，她会不会吹奏芦笙。大嫂笑着指指那些跳舞的小姑娘说："她们绣的服装是我教的，她们唱的歌是我教的，她们跳的舞是我教的，她们吹的芦笙……"我接着与她一起说："还是你教的。"大嫂爽朗地笑起来说："那跳得最好的姑娘……"我也笑了，说："不用说，那就是你的女儿了！"

　　我们一起笑了起来！

天街上的阿乐

天街上的阿乐。

郎岱古镇，从归宗到阿乐，如一条天街，宽阔平坦，葱绿茂密。文峰塔、百草园、古驿道、阿乐村。夜郎大道上走来了郎岱七君子，贵黄公路边种上万亩猕猴桃，还有那现代农业产业园。天街上小雨润如酥，泥土的味道飘香百草园。阿乐，古驿站，苍茫里留有马蹄声，流水中带着故事与传说。

郎岱，六枝特区的一个古镇，始建于明朝初年，于雍正六年建县，滇黔古驿道的必经之地。新中国成立时期，郎岱县城和平解放，在二十世纪六十年代都还是一个县级行政机构，后来县城搬移，才改为郎岱镇。今天的郎岱镇交通便利，六枝至晴隆、贵阳至六盘水两条高等级公路穿境而过。这里地势平坦、土地肥沃；这里文化悠久，民族风情浓郁。走进这个贵州重点小城镇，感受它的历史文化，感受它的万亩商品蔬菜基地，感受它的现代农业产业园，还有那特色养殖示范基地。

郎岱，这个如天街一样的坝子，不少专家认为，这是古代夜郎国的中心地区。郎岱八景名胜，仍然抢眼的是北驿文峰塔，在城东北约二里之处。在进镇的平阳大道上就能看见它在小山峦上屹立着，圆山尖笔，独插云天。

我们迎着朝霞向着白塔，就到了郎岱镇。文峰塔雄踞山顶，山不高而秀，与他山不相连，山峦兀立、苍翠欲滴。昔时，山麓有坊，上书"紫气东来"，半山有清泉，泉上有亭。曲径环山而上，至顶，为一平地，登顶临风，心旷神怡者也。

郎岱，多好的名字！离此不远的牂牁江边，有一座巨峰名郎山，而镇里一座美丽的山峰名岱山，郎岱，就因山而名。岱，《说文》：泰山也。而郎岱的山以"岱"为名，倒是叫人可以琢磨。

有人现场出了个灯谜：大姑娘窗下绣鸳鸯——郎戴（郎岱），引来一路欢笑。美丽岱山下的古镇，完全是一个县城的规模，其风貌不亚于一般的城市，到处是现代化建筑和商铺。百草园，美丽多姿，阿乐河，奇幻神秘。传说，夜郎王的马，受伤跑到这里，再也走不动，人将困死。夜郎王催马走到阿乐河里，马儿全身的伤痊愈。阿乐河水，从朗风台山上下来，孕育了天地的灵气，经百草百药养育，一方水养一方人，故留下美好传说。

出了郎岱镇，到北坟冲寨阿乐村。这一路是十里长的大坝子，十里长的现代新农村观光大道。而公路旁，可见那两米宽的古驿道遗存。古道遗风，沧桑几分。

阿乐村，古驿站，现代化的公路却在这里展开。延山两条公路，中间猕猴桃坝子，正是猕猴桃挂果的时候，一个个鸡蛋大的猕猴桃，就盼成熟时机的到来。万亩猕猴桃，那是一川藤架，十里连绵。再加上公路两边是金黄耀眼的万寿菊，既是药用植物，又是观赏佳卉。正是花开万朵、香引彩蝶的时候。

这里有阿乐泉，泉水清纯不断地从深洞中涌出，堪称神秘。传说诸葛亮七擒孟获时，士兵们喝了哑泉水，致人哑巴，后来在这里喝了阿乐泉水，名叫安乐灵泉，才得以解除。其实，哑泉，是因为水质里面含有硫酸铜，会致人嗓子不适，而阿乐泉水中的具备分解的什么元素，得以中和。传说美丽，表达了人们的一种希望，毋庸科学证之。

我们买着了郎岱酱，吃着了郎岱凉粉，还邂逅了让我眼前一亮的阿乐苗家姑娘。

阿乐苗家姑娘头上斜斜一把梳。她们属于歪梳苗。

贵州歪梳苗分布在安顺、毕节、六盘水等地方。安顺、毕节等地的歪梳苗，用一把约20厘米的长木梳斜缠长发盘于头顶，长长的梳子留在头上作为装饰物。头发在那把长长的梳上绕过，颇有几分婆娑。而这里的歪梳苗是短梳子，美观之中却透着实在。

阿乐歪梳苗把头发前面属于刘海部分歪向的一边用梳子把它别在耳朵上方，多了几分妩媚。

过了阿乐驿，就到了歪梳苗寨！

一群身着盛装的苗家女孩早已在等候着我们。

阿乐本是布依族村，郎岱也主要是布依族所在。然而，在阿乐布依村寨里，却有一个苗族寨子。真是别有意思。

阿乐苗寨的歪梳苗属于红苗，服饰以红色为主调，配上橙黄色的绣花围裙，十分漂亮。

姑娘们的敬酒歌唱起来，丰富多彩的歌舞跳起来，两个年纪大一点的妇女，如数家珍地告诉我，姑娘们的表演是月亮之歌、麻布之歌、恋爱对唱山歌、绣裙歌……

姑娘们拿出芦笙吹奏起来。歌舞也就进入高潮，欢乐弥漫着整个天街。天街上的阿乐，欢乐常在的郎岱阿乐！

难忘者相

　　走在去者相的路上，眼前是一片开阔的田野，初夏的太阳照在山间，路边房屋前，一老人在纺线，一个小姑娘在一边忙着把线长长地牵开绾好，阳光照着她们，显出一份祥和的景象。这种宁静的日子，让人好生羡慕。

　　前面就是贞丰县者相镇。作为一个贵阳人，对于贞丰，了解得最多的那是贞丰糯米饭，在贵阳遍地开花，大街小巷都有的卖。现在才知道，贞丰远远不只有糯米饭，它的地方文化丰厚得要用几天来慢慢叙说。贞丰山水集于者相，这里有"壮峡千里"、北盘江大峡谷、"碧水丹枫"三岔河三大自然景区，还有虎字摩崖、汉代古城遗址、杨氏庄园、纳孔布依古寨等人文景观。"大地圣母"双乳峰更是天下闻名。

　　我觉得"者相"这个名字，一定有其内涵，要么就是少数民族语言的音译，要么就是有特殊的历史来历。一问为我们带队的本地人，证明我确实猜得不错。他告诉我："者相，其实就是'宰相'，相传三国诸葛亮'平南'时在这里筑城操练兵马，故取名为'宰相城'，也叫'孔明城'，后因'宰'字始终有不祥的含义，清嘉庆年间遂更名为'者相'。"说到这里，他高兴地告诉我，"我们者相，今年被评为全省十佳特色城镇旅游景区呢。"

者相纳孔布依古寨，这里的房屋，一色的白墙、灰瓦、翘屋角、镂空木窗……约带徽派风格，却不失地方色彩。到这里，你可以玩三岔河、拜双乳峰，吃村里的农家乐。坐上农家席，那五色糯米饭、三角粽、褡裢粑粑、老腊肉，还有那自家酿制的米酒，席间传来一曲曲悠扬的布依歌声，让人忘了自己身处何地。你要感受具有深厚文化底蕴的布依族生活，这是一个最适宜的地方。

三岔河，这是国家级水利风景区，湖光山色、如诗如画，让人心旷神怡，流连忘返。三岔河，河中的岛，河岛相依、山水相映、情趣盎然。这里，山，清秀；水，碧绿；树，葱郁；石，奇特。更让人陶醉的，是这里的静雅。

三岔河的岛有一个美丽的名字，叫莲花岛。那是因为岛上的石头，如莲花盛开，绿水簇拥，恰似镶嵌在河上的一颗珍珠。小岛花红柳绿、绿草如茵，走到这里，你就有一种强烈的亲近大自然的欲望，想放开身心，躺在草地上，数数那澄净夜空里的星星。

挨着三岔河，是苗族起义军将领杨树森手书的"虎"字摩崖，字高 4 米，宽 2 米。笔画阴刻、笔力遒劲、气势流畅、苍劲雄奇、刻工精细、堪称一绝。石壁上还有好多风格迥异的"虎"字，有心慢慢数去，正好是 66 个，代表吉祥顺利。

带队的领导告诉我，这里鳌坡杨氏庄园是当年杨树森的居住地，墙壁之上，也有一个大大的"虎"字，是当年杨树森留下的真迹。清朝年间，杨树森修建了这座庄园。然而他并不是一个读书人，为了能够批示画押，他跟着幕僚们开始学习书写"虎"字，久而久之，练就了一手写"虎"绝技，据说当年杨树森的笔尖之上还镶有一枚小针，防止他人仿写"虎"字在军文之上伪造批示。不过，杨树森为何选"虎"字作为自己的签名字，尽管望文生义可以有很多解释，但真正的意义却是一个未知之谜。

杨氏庄园建筑独具特色，窗户，精雕细刻着飞禽走兽，房门，全是圆拱形。不远处，有考古价值极大的古汉墓群和汉代古城墙遗址。

这里的历史文化、山山水水叫人惊叹。而更令人惊叹的，就是眼前那名扬天下的双乳峰。这是大地母亲的乳房，远远看去，酷似少女的两只乳房，那么丰腴和饱满，那样的美，也那样的圣洁。"双乳峰"在这里挺立几千万年，它与日月同辉，天地共存。它堪称天下奇观，举世无双。这是喀斯特的峰林绝品，是鬼斧神工的自然造化。布依族人，从来把它当作"大地母亲""生命之源"来崇拜，自然奇观，赋予了人的精神。因此，景区的宣传语也多以母爱为题："母爱无疆，母爱如海""尊前慈母在，浪子不觉寒""母爱无所在，人生更何求"。这里许多文化都与母爱联系在一起。

双乳峰下，连绵的肥田沃土，三岔河水浇灌，养育了这一方的百姓，繁衍了这一方的后代。双乳峰下的布依风情更具有神秘色彩。"养精养气养天地，哺云哺雾哺日月"，这副双乳峰下的名联，成为南来北往的游人最深的记忆。

正因有了大地母亲的庇护，这方山水才如此清秀，才有这古镇深厚的文化底蕴。

我们现在看到的者相山水，平静安宁。而每年的"三月三""六月六""八月八"，者相就变得热情奔放，这样一些具有浓郁民族风情的节日，展示着者相人的情感，这时的者相，美丽、热忱、多情。我期盼着在这样美丽的日子，再来者相，感受它那奔放多情的风姿和韵味……

第五章

山水歌谣

贵州多山。大娄威斜贯北境，苗岭秀横亘中南，武陵蜿蜒入东北，乌蒙高耸立西陲。重峦叠嶂、绵延纵横，藏多少神秘，有万种风情，让人总是看不完、享不够。

在斗篷山与阳光撞了个满怀

贵州多山。大娄威斜贯北境，苗岭秀横亘中南，武陵蜿蜒入东北，乌蒙高耸立西陲。重峦叠嶂、绵延纵横，藏多少神秘，有万种风情。让人总是看不完、享不够。

在贵州众多大山中，最著名的是三大名山：梵净山、雷公山、斗篷山，各有神奇逶迤。前两座我有幸朝拜了，就斗篷山，一直没机会，几次靠近它，又走远。这次到黔南，听说要去斗篷山，真想大吼一声，斗篷山我来了！

上山那天，一大早出门便与阳光撞了个满怀，那个感觉就像日夜思念的爱人突然出现在你的眼前。秋天的太阳是那样温暖，情不自禁张开双臂，抱抱这多情的阳光。

我想，今天一定是多情的一天。

车行半个多小时，一路风光绮丽。斗篷山属于苗岭山脉，苗岭人们喜欢用一个"秀"字来概括，到这里，真切地感受到。斗篷山恰如一只巨大的斗篷，立于天地间。那一路走来，斗篷山下，弯弯的水田，蜿蜒的庄稼地。金秋时节，山林中，农屋边，一树树火红的柿子，似挂满的小红灯笼，好似为我们的到来张灯结彩。秋色熏染的斗篷山，多彩而亮丽。车行一路，如一幅幅流动的山水画。

在斗篷山脚下的马腰子河边，我们下了车。这里离都匀市区 22 公里。

斗篷山总面积 61.8 平方公里，主峰海拔高度 1961 米，山并不很高，它最大的特点，是国内距离城市最近的原始林区。原始森林覆盖率近90%。原始古林，峰峦、峡谷、溶洞、溪流、瀑布。在岩石缝隙之中，随处可见树抱石、石抱树、树搭桥的奇异景观。这里是植物的宝库，有鹅掌楸、红豆杉、马尾树、十齿花、香树等国家保护植物，有高山杜鹃、兰花、龙胆花、方竹等，是天然的野生动植物标本库。

我第一眼看到的是那红豆杉，在秋日阳光的映照下，针叶洒金，是又一种美丽。我对它早有认识，那是在雷公山上。在那里，我见到了几百年的老杉，也见到了刚生长出来几个月的小幼苗。还了解到红豆杉是经过了第四纪冰川遗留下来的古老子遗树种，在地球上已有 250 万年的历史。由于在自然条件下红豆杉生长速度缓慢，再生能力差，是世界上公认濒临灭绝的天然珍稀植物。它具有抗癌的功能。全世界只有 42 个国家生长有红豆杉，被称为"国宝"。它是名副其实的"植物大熊猫"。在这里又看到它，我兴奋地说："在这国宝级的植物前照张相吧！"

灿烂的阳光照在红豆杉上，映在我脸上。一抬头，看到眼前小山顶上有一尊观音塑像，这是省内最大的露天菩萨像，巨大的造像，耸立云霄，金色的阳光是从她身上洒下。我沉迷在这美丽的仙境中。

马腰河潺潺流水把我唤醒，只见河水蜿蜒穿行于幽深的原始丛林之中。马腰河，从海拔主峰上的天池而来，流过如斗篷的山形，如马腰一样骏美。无处不在的诗意，在天地间留下无边的迤逦。

有人介绍："山顶上的天池水清澈澄明，雨季不溢，旱季不减，在地球上亦为罕见。良好的自然生态环境，形成一座巨大的生物基因库。雄奇险峻的大山神韵，山雄、谷幽、林美、水秀。斗篷山山间林地蓄水丰盈，共有大小溪流 100 余条。"我说："一百多条河，我就走这条，眼前已一步一景。马腰子河，这个命名让人产生美的想象。"

到了"幽谷一壶"。有人问，幽谷的"幽"在哪里。我指了指，看眼前大山深处，一溪清泉如泄，形同壶嘴，在幽谷的左前方，是明清时的古驿道，随着时间的流逝，浸透着岁月的沧桑。这里是明清时从湖南、广东到西南的必经之路。登上一节节石阶，看着那石上的古老痕迹，仿佛依稀听到山间忽远忽近的马帮铃声消失在幽谷远处。

微风拂面、草木摇曳，我俯下身子，聆听大山表述。潺潺的瀑布，涓涓的马腰子河，阳光透过斑驳的密林，穿透了一个斗篷山膜拜者的心灵……

玉水金盆

一

拜见过美丽如画的"玉水金盆",在这地方,得到的不仅是美的享受,更多的是心灵的洗礼。在这里,你会收获一种清新、向上的心情。

亘古旷远的神秘高山,神奇莫测的甘甜泉源,水从千沟万壑中穿越,穿过峡谷,汇入江海。人类与山同在,生命与水共存。一江春水,承载着昨天今天和明天不竭的历史见证,源远流长,象征着天崩地裂百折不回龙的精神。

"玉水金盆"的平塘,从传说到民间活动,无不与水有关,与龙有关——划龙舟、耍水龙、泼吉祥水、舞火龙……从古至今,延续不断。

人说,有华人的地方就有划龙舟的活动,平塘就是一个龙舟之乡,平塘的平舟河地区布依族群众,在划龙舟的季节,还要耍水龙、泼吉祥水,使活动更加丰富多彩。而卡铺毛南族乡的舞火龙,更是具有悠久历史的一项传统体育活动,十分独特。

火龙是毛南族的图腾，每到大年三十，毛南族人都用舞火龙这种形式来祈求来年风调雨顺，人民逢凶化吉、去病平安。全程由请水、舞龙、放水灯一系列活动组成。火龙的外观与一般的龙并无多大区别，但在每一节龙肚子里都点有一盏灯，在黑夜之中舞动，龙身通体透亮，上下翻腾，口中吐出火焰，十分壮观。人们围绕在龙的周围，敲锣打鼓、抬水端烛，激情洋溢，还穿插各种舞蹈，那舞龙的场景，俨然一台乡村歌舞剧。

而最使我感动的，还是放水灯的仪式。舞火龙的最后一个仪式，是人们把一个个的莲花灯放于河中，让它们蜿蜒流去，其寓意，在照亮老龙的回家之路。

我亲身感受了放水灯的仪式。产生了许多的联想，得到了许多的感悟。

火龙舞罢，身着民族服装的少女们，就用极其精致的小竹筛子，抬着一盏盏红纸做就的莲花灯，花心里点着红红的蜡烛，闪动的火苗，似一颗颗燃烧的心。烛光照在布依少女稚嫩的脸上，是那样的纯真可爱。她们走到了我们的面前。

小姑娘们把一盏盏水灯慎重地交到客人的手里，在布依少女的引领下，大家相跟着。只见一条长长的蜿蜒曲折的"火龙"，缓缓地向河边走去。我对面前的布依小姑娘说："我们一起照张相吧?"她很高兴地走到我的前面，我看到，我端着的两盏水灯，把她的脸映得红通通的，十分动人。照完相，她对我说："这灯，是照亮龙王回家路的，放的时候在心里许个愿，就一定能实现，很灵验的，只是这个愿是在心里许，不能说出来，说出来就不灵了。"她说完就跑了，我还没来得及问她叫什么名字，在什么学校上学，到时候好把照片寄给她，已经找不到她的身影。人群中有好多布依小女孩，好像到处都是她的影子。我很遗憾。

我默默地抬着灯随着放灯的队伍缓缓行走。两条火龙，点点莲花灯闪烁着，高高低低，在夜空里，特别震撼人心。

"长龙"蠕动着，慢慢到了河边。

水灯放到河里了！上千盏河灯在水上漂游，如夜空中闪动的繁星，它载着多少人的祝福和心愿！我也轻轻地放下我的两盏水灯，默默地许下心愿，我仿佛又听到小姑娘的声音在我的耳边响起：把愿许在心里，不要说，说了就不灵了……

二

有山有水有溶洞，在贵州很普遍。在平塘甲茶，融为最佳风景。

就说燕子洞或燕子崖吧，在贵州多的是。

紫云麻山的燕子洞，虽说是洞，还不如说它是一座巨大的桥，因为它是一个空洞，足有上百米高。洞下是清澈的河流，高大的穹顶，像无际的天空，宽阔的洞壁就是燕子们的栖身之地。

赤水的燕子岩，已经成为著名的风景名胜。半山上，有一个凹进去的巨大崖壁，燕子们就在那里遮风避雨。水从崖顶落下，形成一个几十米高的瀑布，其形状酷似燕尾，便叫燕尾瀑，或许燕子岩其实因此而得名？瀑布在燕子岩前形成水帘，居然又是一个绝妙的水帘洞，虽不比黄果树水帘洞的玲珑，却比黄果树水帘洞壮观。

但要说奇，还是平塘甲茶的燕子洞。

从甲茶坐船到燕子洞，一路风景就叫你留恋。有人说贵州的风景都差不多，就是山、水、洞。而甲茶河却是景象万千，两岸的翠竹，绵延不断，多变的河床，令人眼花缭乱。有的地方很宽，可以同时通过几条船，有的地方却仅够一条船通过，甚至好像过不去了，慢慢划过去，却又是一重天。河水深的地方深不可测，浅的地方行船却常常搁浅，要人下水去推。这种复杂情况却给游客带来了许多乐趣。每到搁浅处，大家就拥到沙滩上去打水漂，或在大大小小、红红绿绿的鹅卵石中寻找收藏石。我注意到一个情况，一般河流，靠岸的浅水处都生长着不同的苔藓，正是长青苔的时候，而甲茶河却没有一点苔藓，说明甲茶河水之干净。这时船老大提来一大提篮活鱼，大大小小，大的有一尺多，小的筷子长，很是可爱。他要我们带一点回去，我们只能遗憾地摇摇头。船老大想想，鱼确实不能带，就说："那你们带点刺竹笋回去，这个东西与别的地方不一样。你看这沿河两岸的竹林，有十多里，都是刺竹，碗口粗，一根竹子就要两个人抬，一棵笋子半人高，你都搬不动，做出的笋子，切成一片一片，好吃得很。"听了他一席话，我倒是想上岸后买一点干笋子带回去。看两岸茂密的刺竹，那碗口粗的竹子，是多好的建筑材料和造纸材料。它为甲茶河增添了多少美景，难怪有人说"甲茶山水赛漓江"。

船再向前走不久，左岸的竹林突然不见了，眼前出现一座绝壁，好像不知是谁用巨斧一下劈成。船老大告诉说，燕子洞到了。

船一转过绝壁就停下了，因为没有"路"了，甲茶河消失了！

一条大河就在这里消失了？我奇怪地四处张望：这么大一条河怎么说不见了就不见了？船老大笑了说："不是不见了，是从这里才开始了。"我觉得这就更稀奇了，这么大一条河，一下子从这里开始，没有半点涓涓源头的样子，真是奇了。

上了岸才知道，原来水是从燕子洞的下面冒出来的。洞外是如童话小房子般的巨石，翻过一个又一个"小房子"，才找到了燕子洞，洞口较为隐蔽，走到前，却见到它是那样的大，洞里更宽大，却是一个旱洞，并没有河。那下面可能还有洞，大河也许是从它的下面一层流出去的。时当正午，没见到一只燕子。当地人说，勤劳的燕子一早就飞出去了，要天黑才回来。成千上万只燕子飞进飞出，很有次序，每天从六点开始要九点才飞完，晚上又按这样的情景飞回。每当这时，那可真是一道风景线，在洞口和河面，你都会看到那遮天蔽日的壮观景象。

从燕子洞下来，我还在一路探望，想知道甲茶河水是怎样冒出来的。知情人士告诉我，燕子洞下面是条阴河，阴河里的水却是从"玉水金盆"的平舟河而来。平舟河从平塘流到六硐就消失了，然后又从甲茶的燕子洞下冒出来。如果涨水，阴河里的水还会从对面绝壁腰间蹿出，大小不等的水柱从崖壁齐射，真是蔚为壮观。

甲茶燕子洞，真是奇观！

三

在平塘，你一定要感受掌布山涧小溪里的"吻人鱼"。

最聪明的鱼是海豚，它是表演家和人类的朋友；最巨大的是鲸鱼，它是浮在海面上有生命的小山；最凶猛的鱼是鲨鱼，它使游海的人时时感到一种神秘的恐惧；而最有人情味的鱼就是平塘掌布的吻人鱼了，它让你感受到人与大自然的亲近和睦。

去掌布之前，就听人介绍那里有神奇的"藏字石""藤竹""石蛋群"和"吻人鱼"。

"藏字石"经中国科学院专家考证是"浑然天成"，距今已有 2.7 亿年。500 年前，巨石从山体上坠落分成两半，"巨石上由突出的化石及生物碎屑组成的各种图案，包括像'中国共产党'几个字在内，从不同的角度观察，均可有多种意会"。逼真的字样，吸引了多少专家学者，高官百姓的解读。真是"世界地质奇观，旷代天赐珍宝"。

"藤竹"属竹科，却细如丝，柔如藤，缘壁附崖，牵挂缠绕，两岸数里如绿锦、似挂毯。引得多少游客在这里驻足观赏，流连忘返。

"石蛋群"在一崖面上均匀生出无数圆形石卵，如鱼眼鼓出，似恐龙遗蛋。据说它30年一熟会自然拱破石壁接续而生。据地质专家考证，该"石蛋群"系成岩期地质作用形成的一种沉积构造。这种地质现象仅在峨眉山发现，而这里更奇特、更典型、更具有地质学价值。

我却对"吻人鱼"更有感触，也许是因为它代表了一种感情、一种生命、一种灵性。

正是金秋十月，一路上稻谷金黄，挞斗阵响。一进掌布，眼前豁然开朗，给人的感觉是犹如进了另外一个洞天，一个世外桃源。这里是布依聚居之地，身着民族服装的农民，正在田里忙着收割。"砰、砰"的挞斗声唱出多少欢歌，引出游人多少联想。两山上的荞花，红红白白开得可人，荞子一年两熟，秋荞比春荞更丰满。一片片荞子间隙中红薯长得正好，还未到收挖季节，但可偶在边角上挖一点来哄小孩子，老话说"挞斗一响，红薯正长"。远远可见布依山寨房上的雕花，门前的碾子，大公鸡拉长了脖子叫晌午，长长的水渠沿山而过，清澈的水流静静地流淌，一个女孩在渠边漂洗着一块家织布。我走过去称赞她漂亮的民族服饰，询问她是不是可以卖一块这样的布给我，她说她们从来不卖，要是我喜欢就给我。我不好意思白要别人的东西，遗憾找不到一样合适的东西和她交换。交谈中，她指着前面不远的地方说："你顺着渠走，前面就是浪马河，浪马河石蛋崖下面的河湾里有一种鱼，人们叫它'吻人鱼'，你把脚伸到水中，它们就会来亲吻你的脚。这里的人有条不成文的规矩，从不捕捉'吻人鱼'，他们认为这种鱼与人是相通的，是人类的朋友。"

我沿着美丽的浪马河寻找"吻人鱼"，视线不时被这里的奇山、奇水、奇洞、奇树、奇竹、奇石所吸引。我想，在这样的环境里生长的鱼，得到的是真山真水的滋养，是天地的精华，才让它具有这样的灵性。

到了石蛋崖，更有早行人，几个穿武警制服的战士，已坐在石礅上，埋头注视着自己伸在水里的双脚。看到我们，他们叫起来："来吧美女们，来感受一下美鱼的吻！这可是天下第一吻喽！"女士们为得到"美女"的称号而暗自高兴，急忙脱鞋下水。我找了个石礅坐下，把脚放在水里。这里的水，那才叫作清澈见底，水下面就是有颗针都能看见。不到一分钟，鱼群就拥过来了，我有些激动，但却不敢动一下，生怕惊跑了鱼。"吻人鱼"不过寸把长，细挑的身材，玲珑可爱。它们急急窜到我的脚上啜一口，摆摆尾又游开。也有几个直接啜到脚上不愿走开，最多时达八条。我闭上眼睛，细细体会这大自然与人的感情交流，这时候忘了人间的一切，有的是一种神仙的境界。

这样的感觉并不是随随便便都能感受到的，这是人与自然的高度融合，一种超凡脱俗的自然心境。

红与绿的交融

一

山青、水绿、崖红，瀑布如雪。赤水河谷，青山间，一壁壁丹霞石岩，犹如绿屏上的红窗，更似绿色天地中耸起的红墙。

从习水土城古镇到赤水，沿赤水河谷旅游公路而行，一路丹霞景观令人目不暇接，金沙沟的赤壁神州、香溪湖的万年灵芝，四洞沟的渡仙桥，丙安的天生桥，天台山的红岩绝壁，石鼎山奇观，复兴转石奇观，长嵌沟丹霞峡谷，十洞丹霞岩穴，甘沟峡谷和硝岩洞穴，还有那佛光崖、五柱峰……一路风景，红绿交融。

最是那雨过天晴，金色的阳光照在丹霞巨崖上，红石映衬得格外艳丽，银色瀑布飘起五彩的虹。

二

山青、水绿、路红。青山绿水间，有条红色的路。与赤水河峡谷公路相伴的是一条 160 公里的红色骑道，如一条长长的红色飘带，一头连接仁怀茅台，跨经习水，一头连接赤水复兴。绿海上的红飘带，游丝泛竹海，红带连绿波。

骑道在绿海上穿越，摇曳着赤水河的绿波，蕴含着多少红色的故事。茅台驿站，有红色的红军四渡赤水三渡纪念碑；合马驿站，有红军驻扎过的罐子口四合院；红军露营地驿站，站名即表明了其内涵；习水土城古镇，有青杠坡战斗纪念碑；九龙屯驿站，有红军一渡赤水活动区；元厚驿站，有四渡赤水一渡渡口；风溪驿站，有红一军团转战之地……红色的故事在这无边无际的绿波里传扬。

骑行道，一会掉到河边，一会与公路齐肩，一会驾凌于竹海之上，微微的阳光让人神清气爽。

出了风溪驿站，赤水河面渐渐宽了起来，虽说是冬月，冬日的阳光让这里的红色更艳，绿色更幽，红绿之上又洒上一层薄薄的金色，美轮美奂这个词，用到这里真是恰如其分。

佛光岩下，我们停车坐爱红与绿，缓上寒山石径斜，只见前面石梯上，两位老人正缓步而行，攀谈之下，才知道老爷爷是一个 90 多岁高龄的老八路。老人家说他姓袁，是四川宜宾人，1937 年就参加了革命。他骄傲地对我说："抗日战争我身上留下四处伤疤，我的队伍就是刘邓大军！今天让老伴和儿子陪着，我们也来走走这四渡赤水的红军路，爬爬佛光崖，不仅是见证这著名的丹霞地貌，也证明我还老而不衰呀。"只见他穿一件红色羽绒服，红光满面，不但老而未衰，正是精神矍铄。他老伴告诉我，他们是儿子开车一起来到这里，已经在这条红色公路上游览了几天，现在，儿子已经爬到前面去了。

我和两位老人合影留念，我对老人说："您老是我们这条'醉美之路上的最美老人'！"老人听了，哈哈大笑，说："我是这红色道路上的红色老人，倒是差不离吧！"

三

苔藓，自然界拓荒者，大气污染的监测员。从小金驿爬上了佛光岩，那是丹霞绝壁，从顶上看来，是一个巨型的槽桶，令人觉得在没有这条山沟之前，那一定是当年玉皇大帝的洗浴池。

欣赏了丹霞绝壁，穿过红雨栈道，上通天门，就到了五柱峰。然后从五柱峰下山，绿荫遮天蔽日，如果套用欧阳修的名句"环滁皆山也"那就是"天地皆绿也"！这时候的五柱峰，从一片葱绿中冲天而起的五根红色柱子，简直就是如来佛的五指山，参天入云，直指霄汉。

从五柱峰出通天门下山，穿行密林，过花草小径，到了彩虹桥，进入太阳谷。太阳谷，因后羿射日的古老传说而得名，据当地人说，后羿射落的九轮太阳都掉到这里，幻化为这里的九阳山，所以这里的山石就变成了红色，而这个山谷就叫太阳谷。这个故事给这里增加了神秘和美丽。

走到这里，这条长1800米的沟壑，有梦幻道、犁辕沟、豹子沟、藏猫坡。在这条长长的沟壑里漫步，再也看不到五柱峰的身影，只看到沿沟有好多丹霞巨石。这些丹霞巨石长满了绿色的苔藓，丹霞石的"红"与苔藓的"绿"，融成了一体，整条沟变得梦幻迷离。

太阳谷环境封闭，水热条件好，生态系统完整，植物种类多，层次多样，地被层、花草层、灌木层、藤蔓层、乔木层交错分布。这里的地被层苔藓，生长优良、品种繁多、粗如地毯、柔似薄纱，有的还开着粉色小花。

脚下的感觉也好像走在了地毯上，那是脚下的红石阶上也铺满了"地毯"一样的苔藓。它们就像一层保护膜铺在红石台阶上，上下行人的踩踏，也挡不住它们的生长。我轻轻地抚摸着如毯的苔藓，它们柔润软绵，带有大地的体温。赤水良好的生态环境是它们最佳的生长繁殖之地。

苔藓广泛分布在森林、沼泽和其他阴湿地方，遇上适宜的环境，它们大片地生长。苔藓是大气污染的监测植物，是水土保持的标签。苔藓在工农业上都有独特的用途，医药上的作用还有很大的潜力，在植物界中，它是唯一尚未发现有毒的植物。它的起源，一说起源于绿藻，一说起源于裸蕨类，孢子类植物。这里的桫椤也是蕨类，孢子类植物。由于这里得天独厚的自然条件，才有桫椤与苔藓同生，巨石与苔藓交融的风景。红绿交融，尽展赤水河谷良好的原生态环境。

下山，回到候车长廊，只见广场边上，清清的山泉水在红石沟壑中穿行跌落，沟边绿树丛中，一群小红嘴雀叽叽喳喳，在绿荫中飞跳，好像绿色中孕育出红色的生命。

离开佛光岩和五柱峰，我们掉头向北，一路绿荫不断，去丙安红色古镇……

南江时光隧道上的古河床

　　我惊叹于南江峡谷的灵动，无论走到哪一地段，都被那美丽的景色迷住。

　　那"小江南"河谷上的奢香瀑布，从150多米的山顶一泻而下，潇潇洒洒，从高天甩落，好似千条绳索，万根发线，飘落到南江，即刻化为滚滚奔流的江水，在峡谷中翻腾。还有那奇巧的"象鼻瀑布"，那瀑布就好像随时都要举起的长鼻。"鸳鸯瀑布"，两道相连的瀑布有如恩爱相伴的情侣……有人说，南江大峡谷有近五十个瀑布，大半不会有错。其实，处在林木葱郁、巨石嶙峋、山路悠长的峡谷中，我更喜欢那些不起眼的细小瀑布，在林木巨石之间，丁丁零零，似有若无，勾起你无穷的遐想。多少瀑布从两岸山崖间，曲曲弯弯投入湍急的河流。那远望山崖间现出一绺蓝天白云的一线天，流淌着两个人字形的欢快的瀑布，俯瞰着这流淌不息的亘古的南江河谷。瀑山新雨后，阳光带着五彩，透过丛林，伴着瀑布淙淙的声息，似一丝丝琴弦在奏响，那瀑布就活了。举头相望，知道那太阳就在山崖顶，但却不能看见，只看到那梦幻的光线。

　　河边，沿着山崖，栈道连接着石板路，在崖壁上垂木间弯曲蜿蜒，幽静而神秘。我沿着栈道走，一时间前后不见一人，更觉峡谷清净空灵。走着走着，透过树荫，见前面一对情侣，相依着，慢慢地走，那正是人生最美好的光阴。我快步超过他们，视若不见，生怕打搅了他们的梦境。

在路旁的"长寿泉"边，几个饮者，在那里捧水而饮，享受着这大自然的甘露。路边的山坡上，更有令人惊叹的"石上森林"，一片片巨大的石头上，却生长着一根根的树木，好似站立在石头上。这些神奇的树木，它们的根系蔓延伸长，是那样顽强地钻进石缝抓住泥土，有时，树根倒比树干更长，蔓生到遥远的土地上去。最叫人惊叹的就是那棵"骑石古树"了，一块巨石上，骑着一棵大树，那一根根延伸的树根，就像八爪章鱼抱住宽大无比的巨石，让人看到那生命的顽强。据说这棵树最少也有两百年了，树上挂满了红布条，寄托着多少人的美好愿望，也寄托着对这神树的崇拜。

走到那高险的吊桥上，这时候河床变窄，两边的山崖有如斧劈，郁郁葱葱的山壁上竟然挂满了千姿百态的钟乳石！我第一次看到这样长在石壁洞穴外面的钟乳石，石上还有那涟涟不断的水滴滋养着，说明它们还在不断地生长。这真是前所未见的奇景！

然而，更令人惊叹的奇景更在前方。

吊桥有如一丝绿带挂在陡壁的半空。吊桥上方，远离南江河水面百十米的山崖上，竟然现出一带卵石，这是位于人们头顶之上的古河床！我仿佛进入了时光隧道，穿越到那远久的史前岁月！这就是五万年前，寒武纪时期的南江河道！

南江大峡谷，全长 40 多公里，最深处近 400 米，地层古老，峭峰高耸，瀑布林立，这里是低中山峡谷地貌的代表景观。

我静静地站在吊桥头，仰望着古河道，而眼前是吊桥，吊桥下是流水，两岸似隐若现的瀑布，听到的是各种水声。

南江大峡谷时光隧道，河水悠悠，不见尽头，流向浩渺之长江，滔滔之东海……

南江这边最好

再次来到开阳南江乡，正是一个吹面不寒杨柳风的时节，早上，赶上了沾衣不湿杏花雨。从乡政府出来，雨，却收了脚。我们来到南江峡谷一线，青龙河弯曲让与峡谷，流连忘返的风景，峡谷边，江山多娇，十里画廊。南江这边最好，一江十八寨，马寨、坪寨……一寨一幅画，一画一特色。它们从不同的角度展示着风景如画的南江乡村，现代人的向往之地。

走在乡村路上，享受着这清新的空气，一股神奇的气流弥漫全身，让人心旷神怡。有人说，这里是最好的"空气罐头"之地。于是我们尽情享受！看着这春雨新洗的山和水，享受着无边宽阔的空气罐头。我忽然产生一个愿望，我愿做青龙河边一棵小草，伴着青山绿水，呼吸着清新空气，享受这里的阳光雨露。

有同行人说："现在人们最爱说的一句话，就是'中国梦'，要我说，我的梦就是，能在这里做我的好梦。"这话说得实在好，这里真是最适宜人居住的最美乡村。

据考证，这里有一个叫"打儿窝"的地方，把贵阳的历史推进了一万多年。

"打儿窝"，在开阳县南江乡土桥村南江峡谷东南端。之所以叫这个名字，那是因为当地民间有个说法，如果把一块石头打进这里半山腰的一个山洞，就可以生育男孩。故名"打儿窝"。

在"打儿窝"发掘出了大规模的旧石器时代遗址，是水东地区唯一的旧石器时代遗址，出土文物极其丰富，文化特征十分显著，清晰地揭示出水东地区新旧石器时代古人类生活状态，是当之无愧的水东史前文明发祥地。

这里四面环山，植被茂密，溪水清涟，最适宜人居住。

我们站在马寨公路边，这里能够俯瞰马寨。之间一个宽阔的大坝，坝子边小山如黛，山上多是枇杷树。青龙河绕着坝子蜿蜒弯曲，如镶在坝子边的玉带。当地旅游局的妹妹说，从前，人们常在这里放缰跑马，于是，就叫它马寨。

在这一马平川的坝上，中间是整齐成排的葡萄林，四周是枇杷树、樱桃树、梨树和桃子树。春天，这里各样的花树次第开放，枇杷、樱花谢了时，梨花又开，我们来到这里，桃花正艳。走上一座吊桥，更觉眼前开阔。吊桥下，清澈的河水，水面上，游动着一群群欢乐的鸭子。

走过吊桥，就来到坝上，走在那一片片刚长新芽的葡萄林边，心旷神怡。葡萄林边的地上，正长着春天的野菜，有人说那是地米菜，有的说那是灰灰菜……说着说着，兴之所至，有人挽起袖子便采摘起来。旅游局的漂亮妹妹笑着说，都是地里野生野长的植物，如果喜欢，正好摘一点回去，怕是城里难得。我看着她们在春日阳光下原野中采摘野菜那兴致勃勃的样子，倒想起《诗经》中的诗句来：

> 采采芣苢，薄言采之。采采芣苢，薄言有之。
>
> 采采芣苢，薄言掇之。采采芣苢，薄言捋之。
>
> ……

我观察着那一排排刚刚挂果的樱桃树，那一嘟噜一嘟噜的小樱桃，只有小花生米那么大，上面还挂着雨后的露珠，十分水灵可爱。我专心地看着，一个走过的农家大姐说："姐，你要是四月底再来，樱桃都已经熟了，那时候才是好看哦！"我欣喜地说："好，那我就争取四月再来，来吃红透的樱桃和满浆的草莓。"农家大姐笑着说："那就欢迎你四月再来，尽你吃个够！"

与农家大姐别过，我再顺着青龙河岸往前走。春雨后的阳光，格外多情，温暖而不晒人，明亮而不刺目，洒向山野，洒向河面。河面上的鸭子拍打着翅膀，撒着欢，自由自在。一会儿，鸭群自然游成两行，游向那远方下游。那远方的河湾边有一条小船，却没有划船人，青龙河是那样的恬静。我情不自禁，改写了唐人的诗句：

春水涟漪漂浮鸭，野渡无人舟自横。

最爱十里画廊那"野渡无人舟自横"的境界，难怪有人说，这里真是"陶渊明的第二故乡"，是"贵州的香格里拉"。不！要我说，这里就是这里，这里就是风景迷人的南江十里画廊！

甜了月亮　醉了太阳

　　小满时节，清晨的阳光还带着些昨晚的雨露，迎接着新的一天。车行在去道真隆兴百草谷的山路上。一行人，迷恋那车外不断出现的美景，那简直就是一幅幅水墨画，哦，不，说也是油画似乎同样真切。山间，耕种的农人赶着牛，土边，站着一只狗，一切，显示着一种安宁和平静。雾，慢慢地飘过来，笼罩住了这美景，只有路边的花，还冒出些朦胧的鲜艳。花带雾，雾拥花，雾中的花娇羞滴露。

　　三岔路口，年轻的镇领导在等着我们，路边立着的大牌子告诉我："百草谷"到了。"百草谷"，多么具有文化意味的名字，让人想起神农尝百草，为了中华后代的安康。想到鲁迅先生笔下的《从百草园到三味书屋》，想起文章里面写到的中药何首乌。想到这一切，不能不叫人感到兴味深长。

　　百草谷，一面面山，满山种植的药材映入我们的眼帘。梯土的路边插着一块块的牌子，告诉我们，地里种的是什么药材：牛膝、太子参、当归、半夏、益母草……那嫩得可人的当归，虽然还是那幼小的药苗，却看得出铆足了劲往上生长……

　　我们顺着这一片片当归药圃往上走，更上一层"楼"，就见到那无限风光。在山顶观景台，年轻的镇领导告诉我们，这里就是百草谷最高点，海拔 1340 米，常年笼在云雾中。专家考察，这里的气候土壤，最适宜种药材。

极目四方，无数的山，远远近近、高高低低。似乎离我们很近，又好像很远。这种视觉感，其实是因为无边无际的绿而造成，其实，近山就近，远山就远，但远远近近一片浓得化不开的绿，恍惚中，你分不开山的近和远。

太阳终于从东面山顶上穿过迷雾，透露出几缕阳光，犹如聚光灯，打在对面的山上，这时，山上的绿，便有了层次。

四面的山上，植被很厚，新种的药材是新绿，刚冒出嫩苗的，远远处望去掩不住黄土，于是，山，又有了黄与绿的变化。我又想到，到那开花时间，该又有五颜六色花的景观。

站在观景台上，望着漫山的药材一行行，我们有如将军站在观礼台上，检阅脚下那千军万马。镇领导告诉我们，"现在，你们能看到的是 800 亩药材。而过去，这一带土地贫瘠，山大无田，乡民们就是一个字：穷。以前这里是土匪豺狼出没的地方，无论是女子，还是男子都往外'嫁'，这里两边的山脉，中间一条'缝'，倒真像关门的情景，所以这里以前叫'关门山'。现在找到了致富路，一切都在改变，男女都不再想着往外跑，老百姓不用出去打工，家门口就是致富地。12 公里的山谷，种上七八十种中药，于是就改称了'百草谷'。百草、百花、青山绿水、万紫千红，美丽的景色，宜人的气候，又创造了"药旅一条龙"的休闲景观。

我们驱车驶向谷底，进入了一条绿的"河床"，谷底，满满地种着一沟的益母草，有人说，这里应叫益母沟。益母草是妇女的药材圣品，夏季开放蓝色的小花，朵朵小花，有些像薰衣草的花朵，当然整体形状和薰衣草大有区别。满沟的益母草，现在尚未开花，半人高的药草，满沟一色的浓绿。真是绿了天、绿了地，风吹绿动，让人陶醉。

到了这里，大家都下了车，徒步往前走，这个山沟，徒步才是最大的享受，不徒步，就叫浪费资源。最叫大家激动的，是公路边的土坎上，结满了刺莓，遵义地区都叫它"蒎"，贵阳人叫"懵懵"。这样好的山珍，太难遇见。不一会，大家的手里都捧满了红红的刺莓，我捧着这鲜红欲滴的小莓果，真是不忍心下口。

在好多不知名的花间，最抢眼的是那一蓬蓬的金银花，一簇簇的花满沟满坎，一路盛开着，这样多的金银花，真的是没有见过。

金银花的花期短，只有十多天，不在初春，也不在盛夏，就开在这小满时节。小满时节多雨，花一遇到雨，盛开的时间就更没多少了。今天的天气，已经慢慢转成了一个大晴天，这些金银花就好像专为我们而开放。清风吹来那藤蔓上的淡淡清香，穿过我们的鼻翼，飘过这山谷，逶逶迤迤，一路清香。刚才有人说这里应该叫益母沟，我认为，它更应该叫金银沟。

金银花初开是白色，成熟变成黄色。白黄相间、摇曳多姿，一排排挂在弯弯的藤蔓上，真是一种说不出的美。

我感慨，在繁忙的生活里，有一双发现大自然美的眼睛，让心灵得以净化，艺术得以升华，生命得以繁华。看着这犹带露珠的金银花，不自觉想起川端康成的散文《花未眠》："自然的美是无限的，人感受到的美却是有限的。正因为人感受美的能力是有限的，所以说人感受到的美是有限的，自然的美是无限的。"在百草谷，享受的就是这充充实实的自然之美。

金银花又叫忍冬、双花，是多年生半藤蔓植物，一身都是宝。花可治风热感冒、咽喉肿痛、肺炎、痢疾、蜂窝组织炎等症，它的藤具有清热解毒、通痰活血等功能。花年年采收，一般来说，老藤要留着，来年长出新枝，又开新花。

　　在一垄金银花前，一位大姐正在割着花藤。背篓里已是满满的金银花，我羡慕大姐的收获，问她每天能收多少，她说，一大早出来的，一天要收这样的三背。能有近百元的收入，不过也就只有这几天。收回家，还要晾晒干了，它是药也是茶。现在还把它制成蜂蜜茶。说着她热情地邀请我们，"你们去我家坐坐，走出这沟，就到了我们花园村，江家，那里家家晒有金银花。"

　　大姐的话让我诗兴大发，面对这满山的金银花，吟诗一首：

虽不是春天的蕊
更有带蜜的娇媚
簇居山间，无须张扬

虽不是夏天的朵
只有悠悠的沁心入云
飘来淡淡的芬芳

我愿，
我愿是山间一簇金银花
静悄悄走入你的书房
为人间添一缕幽幽的茶香

花和茶，酿成蜜
甜了月亮，醉了太阳

牂牁江　牂牁寨　牂牁人

从古镇郎岱到毛口，翻上打铁关，你就面对了神秘的老王山，还有那半山之中据说埋葬着古夜郎王的月亮洞。这个海拔 2172 米的贵州第三高峰，矗立在你的面前，于是，你觉得离太阳是那样的近。

老王山脚下的牂牁江，距离六枝特区中心区 67 公里，是北盘江一段神秘的流域，流经毗邻水城、普安、晴隆三县交界处的毛口乡，为珠江流域的上游之地。牂牁江上的老王山是六枝特区海拔最高的山峰，老王山下的牂牁江是六枝特区海拔最低的地段，地貌奇特，充满传奇色彩。

牂牁江一带，四面崇山峻岭，悬崖陡壁，打铁关——自古兵家一条路，"一夫当关、万夫莫开"，是历朝历代兵家必争之地。牂牁江——两岸怪石嶙峋，红岩裸露，奇伟壮观而苍凉。

我们站在打铁关最高处，指点江山：老王山云遮雾绕，九层山浩浩荡荡。子王坟、月亮洞，摩崖石刻，古驿道、塘兵驿站、古井、古城墙、郎岱古镇、毛口古镇；还有那传说是夜郎王夏宫的南极山，千山万壑，尽收眼底。更有人神秘地讲着古夜郎王择都、选妃，被诱杀等优美悲壮的传说。

这时候，有人悠悠高歌：

啊牂牁江牂牁江

波光潋滟　千帆竞翔

乌蒙玫瑰　熠熠生光

一次次不舍地回首依稀的故乡

一声声深情地呼唤梦中的夜郎

数不尽英雄身后寂寞苍凉

写不完古往今来牂牁诗意长

歌声如此动听，让我陶醉。

是谁在唱？就是那牂牁寨里的牂牁人，给我们带队的牂牁汉子。

这是一位在这里工作十多年的乡镇干部。当我们从高雄险峻的打铁关一路"降落"到低平的谷地，他微笑着告诉我们，这个地方就叫作"牂牁寨"。他神秘兮兮地向我们招招手，指着一面壁立陡峭的黄土崖说："有敢爬陡坡的人，我带你们去看一个神秘的东西。我只告诉你们，这是当地人求子祭拜的神物，等一会你们看看是什么。"

这一说，倒勾起了大家的好奇心。除了几个年纪大的女士，一行人都兴致勃勃的，"四脚着地"地抓着崖坡上生长着的灌木和竹根，像猴子一样爬上崖去。忽听哗哗啦啦、窸窸窣窣一阵乱响，"哎呀"！崖下的人紧张地叫了一声。我们紧紧抓住手里的竹根，不敢动。幸好，只是钟老师的提包掉了下去，笔记本、钢笔、打印的资料散落了一地，人倒无事。我们继续往上爬。终于上到了一个斜斜的黄土坡台，只见黄土坡台的中间，有一个大大的石笋，石笋中空，石笋前放着两个小碗，还有一些香火烛灰。

带队的牂牁汉子说："就是这里了，村民求子，灵验得很呢。你们看，那不是还有香火呢。你们看，这神物像什么？"

采风团的人都是些文化人，见多识广，立刻就明白了这里的奥妙。有人说："哈，这是'母系社会的女阴图腾'吧。"；可是又有人说："嗨！

这是象征生命之源的雄性之根呢!"

带队的牂牁汉子笑了笑说:"再仔细看看呢!啊!大家都明白了,石头为半椭圆,下粗上圆,那分明是朝向天空的雄性之根,可是石头的中间椭圆中空,的确又是神形皆备的女性图腾。"

一块黄土地中,就是这么一块奇妙的石头。我默默地想,与其说这是牂牁寨民的迷信情结,毋宁说这是乡民思维中普遍存在的对大自然的敬畏之情!

我们来到牂牁江上一片房舍前,几个孩子在门口玩耍,两条狗在门口懒懒地看着我们,眯缝着的眼睛里放出一丝警惕的光。人们在忙着修葺新屋。我注意看几个妇女,她们的服装简练潇洒,柔媚之中透着股英武之气,黑色长衣似乎是她们标志性的特点。她们的头巾结一个角,显得很是英姿飒爽。

这就是牂牁寨里的布依族人,因为一身的黑装,又叫黑布依。几个妇女在忙着挑砖拌沙,很是精干。不过,她们的那身黑色绣花的衣服,即便是在劳作之时也显得是那样的干净。人们常说,布依族靠水而居,就是爱干净。

几个布依族大嫂告诉我,因为下游修了光照电站,水位提高,她们的寨子刚刚搬迁到这半坡顶上。现正抓紧修葺新房,镇里的要求,要赶上今年的旅游发展大会的召开呢。她们指着前面一块空地说:"你看那里,那是镇里的民族广场,也正在抓紧修建不是?"

由于水库的修建,现在牂牁江从一条深山峡谷的河流,变成了一条宽阔的大江,更加增添了美丽迷人的风采。去年,这里举行了"凉都杯滑翔邀请赛",国内外 100 余名滑翔爱好者,在这美丽的牂牁江上飞翔降落。他们从水平高度 430 米的九层山起飞,滑翔降落在雄伟的牂牁江岸边。那情景,想想都激动人心。

　　我看到牂牁江边的水岸边，漂浮着一间间漂亮的天蓝色小屋，十分奇怪。牂牁汉子告诉我，"那是钓鱼人的休闲小屋，2011 年，牂牁江举办了一届中国·六枝发现原始牂牁江活动——'牂牁江杯'首届野钓大赛。"古老的牂牁江，在现代化的今天，热闹得很呢！

　　我站在高高的红岩岸边，眼前的牂牁江是那样宁静，远处的游船荡起一圈圈的涟漪，却听不见一丝丝马达的声息。只有片片的粼光闪动，江水清澄透彻，一尘不染，绿得像通透的翡翠。

　　寨子边，江水畔，牂牁人在一排排的香蕉地里忙碌，带队的牂牁汉子告诉我，这里将是一片片热带植物，装点此江山，明朝更好看……

第六章

迷人的"彩带"

　　古道上，似乎还能看得到当年盐商的脚印，歇脚搭住的痕迹。这是当年川盐入黔的一个重要码头，留下了这条2.5公里古老的石板街。千百年的沧桑，多少风雨，四方来客，八方货物，古镇的商埠文化、茶馆文化、山水文化渐次生长……

醉美公路上的春花秋月

一

一条风姿绰约，浓妆淡抹的路

"试把西湖比西子，浓妆淡抹总相宜。"苏轼的这个比喻，用在这条赤水河峡谷旅游公路上也是总相宜。这一路，赤水河绿丝带为你增添柔美，丹霞山红铁壁映衬你的刚强。绿树掩红泥，美的还是女儿妆。

河，是水的足迹，路，是人的脚印痕。行云流水，自然也，小道大路，人为之。公路如长担，这头担起美酒文化的秋月，那头扛着红色文化的春光。

这条路，承载一路的红军史迹，传承一路美酒文化，展示一路绿色风景，描绘一路生活画卷。

因中国工农红军曾"四渡赤水"而享誉世界的赤水河谷，今天，河谷旅游公路，像一根红线穿起一颗颗亮丽的珍珠，把仁怀、习水、赤水3市县的大美山水，独特风情呈现在游人面前。沿线形成了现代化大农业旅游观光通道，展示了中国酒都、千年古镇、丹霞地貌、桫椤王国宜居农垦城镇群的风采。茅台、土城、丙安等旅游名镇与桫椤国家自然保护区、十丈洞、燕子岩等景区整合串联，黔北大地赤水河谷腹地，构筑了一条浓郁黔北风情的景观大道。

这里有世界上最长的用红色沥青铺成的山地自行车道和黑色沥青铺成的汽车道，有观景台、休憩驿站、露营地 26 个、直升机停机坪 1 个，桥梁 162 座、隧道 2 座。驾车，骑行，一路美景尽收眼底，是贵州第一、国内一流、世界知名的精品旅游公路。

从仁怀市茅台镇起，止于赤水市旅游集散中心，全长 160 公里。有如一条绚丽的彩虹，一端连着中国第一酒镇茅台镇，另一端连着世界自然遗产丹霞地貌赤水市，穿起红色文化、自然遗产文化、酒文化、盐文化、古镇文化等自然风光、人文历史景观景点，是一条美丽的旅游文化长廊。沿线分布赤水竹海国家森林公园、燕子岩国家森林公园景区、中国侏罗纪公园景区、赤水大瀑布景区等风景名胜区；也有鳛国故里、飞鱼传说、大同古镇、丙安古镇、土城古镇、四渡赤水纪念馆、中国女红军纪念馆等人文景观，底蕴深厚。

一条美得让人应接不暇的路，一条美得让人沉迷陶醉的路。

这里有法国艺术家们留下的 40 天，这条道上有他们体验生活的欢声笑语，骑道上有他们激情四射的身影，留下一幅幅作品，永存在骑道边的中法艺术博物馆，留下中法友谊，法国人眼中的中国，告诉我们人与自然的关系，塑造了人的善良与纯真。

赤水河谷旅游公路主线，两边刺桐树形成天然树洞，有一种穿越之美。它蜿蜒于崇山峻岭，穿行于河道之上，赤水河谷旅游公路慢行线与赤水河相辅相成，在河谷中穿行。

公路两边的银杏搭配刺桐树，每个季节有不一样的风景，这里是骑行者的胜地，临河的步道畅享悠闲好时光。沿线景观为主，刺桐、黄桷树、小叶榕、木芙蓉等贯穿全线，四季景观分段搭配。樱花、梨树、海棠春花烂漫；青桐、银合欢、杜英、琵琶亭亭如盖；银杏、水杉、红叶椿秋景如画；春梅、山茶花、扶桑冬去春来，春花秋月时时美。

　　阳光让人神清气爽，河面开阔，虽说是小雪时节，贵州的天气还是那样的怡人。车到了张家湾汽车露营地，又是一派田园似的家园，房车让大家开了眼界，小木屋带着农耕文化香甜。从茅台驿站起，经习水到赤水，一路风光，让人慢慢体味。

二
美酒河边骑行

　　冬日里，微微的阳光，暖暖的、亲亲的。赤水河清澈，潺潺流水，诉说着，千年历史。滩上绿水带着白浪，机动船驶过，打破了它们的平静，扬起绿波两道。

　　路边的银杏、水杉、红叶椿，这时候，黄绿红交织，正是亮丽季节。两岸翠竹，时有柑橘。最佳角度，可见高速路、赤水河道、骑道、公路，四道并行，这是少有的景象。高速路穿过隧道，在山腰上行。公路永远紧挨着河道，不会离开。最活泼的还是那骑道，一会儿下到河道边，一会儿上到公路旁与公路并肩。骑道跟着公路，像一个调皮的孩子，在大人的身边紧跟。

　　安静的九龙囤驿站，骑道，沿着赤水河，随山岸蜿蜒。标准的骑道在灿烂的阳光映照下，显得格外红艳。

　　今天的自行车体验，一行七八人，到九龙囤驿站，我激动地加入，想要检验一下40年前的骑车技术。人说，自行车、游泳这样一些技术，是学会了就不会忘记，没有问题。在这样的鼓励下，我犹豫着，参加了骑行体验。

车一到手，摆弄着漂亮的车，三下两下，说是不会忘记，但要用现代的车，在骑道上骑，有换挡，我老半天都没有搞定。只见大家上车，几下就弄好，召集着在骑道上照相，嘿！大家出发了。我这个破技术，就只有留在驿站点上慢慢练习了。

在这醉美之道上，我不能说不行，必须行！我鼓励着自己，在骑道上慢慢练习，十米、二十米，哎，终于能走了，这也是一种成功，我颇有成就感，虽然我只能在附近体验体验。

骑了一会，到休息台坐下，静观身边的赤水河。河水清澈，仿佛能见底，希望还能看见鱼。据说，古老的赤水河里，有一种鱼，叫鳛鱼，长有五对翅膀，是一种会飞的鱼。想象真的在赤水河上飞起，那有多么壮观。

习水位于滇渝川三地交界，据说是中国习姓故乡，所有的习姓皆由此地迁徙各方。传说中，"鳛"是一种神奇的飞鱼，《山海经·北山经》记载："涿光之山，嚣水出焉，而西流注于河。其中多鳛鳛（叫声）之鱼，其状如鹊而十翼，鳞皆在羽端，其音如鹊，可以御火，食之不瘅。"这种"飞鱼"因为叫声奇异而得名，后来的贵州鳛国、鳛部、鳛水，皆与鳛鱼而一脉相承，人们视之为图腾灵物。

我静静观着水面，祈望能听到那鳛鳛的叫声。

鳛国，周武王时期的一个古国，后归夜郎古国。习近平总书记说："在这里找到乡愁了。"总书记的父亲习仲勋在回忆录上记载："家在贵州习水一带。"习水又多了一份关注。

公路边，一块巨石上刻着"习国故里，千年古国"几个大字。在这块古老的土地上，今日更加耀眼。

　　九龙屯驿站,以沟为界,沟这面是习水的九龙村,那边是赤水的米粮村,一沟两个县。公路边这有一座两层楼的漂亮小店,门口广告牌上写着,传统的习水小吃苕汤圆、黑豆花、霉豆腐。一位红衣小姑娘抬着一碗苕汤圆,慢慢地吃着。店主养的小八哥鸟叫着:"外公你好,外婆你好!"叫声和人说话一样,我是第一次听到八哥鸟说话,有些兴奋地走进小店。

　　老板姓袁,我和袁老板交谈到鳛鱼,习姓,老板还很有学问,他介绍:"尽管我们习水由鳛而来的习姓,源远流长,但在今天的习水,还有最重要的姓氏,'袁'姓。"《遵义府志》记载:"宋有袁世明,豫章人,官总制。理宗时,播州之唐朝坝、古滋、仁怀诸蛮夷出没为边民患。世明方视兵江淮,魏了翁荐于朝,令领兵入蜀。正月师至,五月奏凯。留世明镇其土。"年轻的江西军官袁世明,平南入番,不出半年便凯旋,留在蜀地成为镇守领袖。袁姓由此第一次进入鳛地,从习水土城镇开始繁衍生息,近800年间已有34代子孙。

　　老板自豪地说:"我家就是习水正宗的袁姓家族。我家的苕汤圆,红油霉豆腐是出了名的,特别是这条旅游公路从门口过,生意更好了。"

　　我吃了碗苕汤圆,的确味道特别好,也许是现吃现做的原因吧。

　　骑道的红,山间的绿,身边的花,花间的吊脚楼人家。一排排手工挂面,飘来麦子清香,我陶醉了,我激情飞扬,竟然诗情突发,有了这首小诗:

　　一条美得让人应接不暇的路

　　一条美得让人语无伦次的路

　　我醉了

　　骑行在赤水河谷旅游公路上

　　永远闪烁在前的红

　　永远闪烁在前的绿

身边的三角梅

古老的黄桷树

还有树下的吊脚楼

一排排手工挂面

迎风送来甜甜的麦香

骑道边

一群背书包的红衣女孩鼓掌

"哟！好靓哦！"

哦？是我

还是这会飞的骑道

三

脚上的红泥

在赤水河谷旅游公路畅游，沿途风景处处，不知道什么时候，脚上带了一块红泥。我欣赏着它，观察着它，想知道，这块红泥，是在哪里带上的，四洞沟，大瀑布，佛光崖……

赤水大瀑布，又叫十丈洞瀑布。走过观瀑道，大瀑布一下出现在眼前，有人惊呼："好壮观，好帅啊！"

一位诗人在大瀑布前高声朗诵，赞美大自然的神奇："人从高处跌落，往往气短神伤；水从高处跌落，偏偏神采飞扬。"人说诗歌出自胸臆，站在这激动人心的大瀑布前，诗情洋溢，自然而然。

十丈洞瀑布与黄果树瀑布，具有不同的风姿，不同的韵味。如果说黄果树瀑布是美丽端庄的姑娘，十丈洞瀑布就是婀娜多姿的少女；如果说黄果树瀑布是写意的水墨画，十丈洞瀑布就是斑斓的油彩画。

参观黄果树瀑布，你见识了什么叫大瀑布。参观十丈洞瀑布，你却为大自然构图的巧妙而倾倒，为色彩的对比而叫绝。十丈洞瀑布的前面，分布着一串房屋般大小的丹霞巨石。

试想雪白的巨瀑之前，映衬着一栋栋蜿蜒有致的深红色巨石，这是多么令人激动的景观！瀑布，是永恒躁动的生命，奔流跌宕不息；巨石，却是永恒静止的物质，如亘古不变的太空。瀑布，是雪白飘动的巨练，如纯净贞洁的处子；丹石，是沉红坚韧的巨磐，如孕育生命的胎血。何等鲜明的对比和协调！何等巨大的对立和统一！目睹这一奇特壮观的景象，心灵被震撼。

当我们攀登上一个个巨石，上到离瀑布不过十米多的一块，巨瀑从我们面前落下，水雾冲击着我们的头脑身躯，巨瀑如狂暴之雨，吼声如亘古之雷，尘世间的一切浮影喧嚣全然消失。我们举头任瀑雨冲刷，我们放肆地狂吼尖叫，在我们的叫声中，我们的心灵得到了极致的净化。当地人将这一不可抑制的行为叫作"洗肺"，我却将其称为"涅槃"。

我想，脚上红泥，是在这瀑布边带上的？

还有那奇特的燕子岩。越过密不透风的竹林，穿过茂密的原始森林，沿着燕子岩瀑布流下的绿丛中的小溪，登上一座高山，披开神秘的桫椤枝叶，只见浩瀚的绿海之上，一座丹霞巨崖冲天而立。红崖之下万顷绿波摇荡，红崖如顶天立地的巨型航船。红崖连绵数里，岩洞石凹里面栖息着成千上万只燕子，早出晚归的燕子遮天蔽日，形成一道壮丽的风景。因我们到达燕子岩时时机不对，未能一睹燕子们的丽影。但只见一道飞瀑从丹崖之顶直流而下，酷似飞燕之尾。燕子岩，燕尾瀑，万只燕子！这只能是经过艺术设计师的精心策划构思而成，但却仅仅是大自然的天然造物，用"惊叹"一词，完全无法形容你内心的感受。

神奇的"生命之源",你不可能在其他的任何风景区目睹如此异想天开的景象。翻上燕子岩,崖顶之上,又是一座山岩。岩壁之上天生一个条形椭圆的洞样石环,完全逼真的女性具有的生命降生之门。其真实只能是雕刻师的艺术杰作,但雕刻师却又无法雕刻得如此逼真形象。环洞之上的灌木草丛,恰好作了柔曲的护门之毛。天工造物,鬼斧神工。面对这巨型的女性神秘之门,毫无亵渎之感,也无不洁之念。如同面对远古崇拜的母性图腾,心中只有庄严;如同面对乔尔乔涅的《睡之维纳斯》全裸人体油画,心中只有优美。惊叹造物主,给了赤水如此精湛的大自然艺术杰作。

脚上的红泥,也许是在这里带上的?

在丙安古镇,东华门,古老的渡口、码头、纤夫、盐商。木头撑起的街道。独自凭栏坐,聆听长流水,赤水河依旧,花开一样红。鸟儿问我思,丙安红军魂。渡口红石诉,一渡那日旧,八十年风雨,黄桷树依旧,花开今更艳。

脚上的红泥,应该是在这里带上的!

旧州那条五色斑斓石街

知了，比我闹钟早，在一阵吱吱吱吱……的叫声中，渐渐有了些远远的的鸟叫，接着是公鸡的报晓。公鸡的嗓子这时候显得有些笨拙，单调，比不上百鸟千歌，也算是交响乐中的特殊声效吧。

这就是黄平旧州，神秘的早晨。

深深吸一口草香气息，新的一天开始。

现代大建设正在火热之中，高高的脚手架上，建设者正忙着对老街的修旧如旧建设。一座古老而清新的小镇就这样抢走了我们的视线。

建设中的红军街大道，五彩石街面，斑斓有致。这是旧州的正西大街，又叫红军街。两面清一色徽派建筑，古韵和现代气息交融。在老柜台的台面上，运行着现代的业务。电子商务，快递，EMS邮件……商铺鳞次栉比。临街两面，每一户都是一个大窗，一个小半人高的柜台，这是农耕时代留下的店铺，满满摆着卖现代的百货。也有闲着的，上面放着簸箕，晒着豆腐干、辣椒什么的。同行的当地人指着柜台前的石板说，当年红军来到黄平，晚上都睡在这临街的石板上，所以今天把这条街叫作"红军街"。我查看着这些石板，祈望从上面找到当年红军的脚印——当然，这些脚印只在心里留存着。从窗外窥望里屋，闲适自在的旧州人玩牌、喝茶、聊天。这就是今天的旧州，还折射着当初的明月。

一个声音吸引了我："买粑粑喽，苞谷粑、泡粑、荞粑欸！"

一个五六十岁的阿姨，推着小车，车上冒着热气，香甜的气息，飘过五色石街，吸引着过往的人们。

这样美味的旧州小吃，必须品尝！

我招手说："阿姨，你的粑粑，每一样来一个。"我转头对同伴们说："来呀，来呀！这样有特色的地方小吃，过了这个村就没这个店了！"在我的带动下，一行人都不亦乐乎地吃开了。剥开软软的苞谷叶子的外壳，一看就知道它的独特之处，圆圆滚滚的样子，弹性十足，咬到口里，真的是香甜细软而有嚼头呢！

一个八十多岁的婆婆精神地站在窗口，看着我们的吃相，眯着眼笑了起来。噢，多么慈祥健康的老人噢！我们忍不住走过去与她合影，说是要"沾一点她的高寿灵气"。她却谦虚地说："我还不算高寿呢，我们这里比我年纪大的多得很呢。"她满怀幸福地说："我几个孙孙都大学毕业工作了，现在我们家也是书香门第了。"我看出来，旧州这里的人们，是很讲究书香门第的。在今天，这是不是最值得我们点一赞呢！

旧州的繁华从长江过来，入洞庭湖，至潕阳河，登上旧州码头，繁荣昌盛就日益发展起来。旧州黄平可是比贵州省建省还早呢。这里的发展，可以说与中原同步，这里的繁华，可以说与江南辉映。

漫步在这五彩石板街道上，走进了仁寿宫，这是当年的江西会馆临江宫，看到电影《勃沙特的长征》的拍摄现场。这是由潇湘电影制片厂拍摄，准备在今年黄平召开的"9·27"旅发大会首播的影片。正值中国工农红军长征胜利80周年之际，这部影片正具有特殊意义。《勃沙特的长征》讲述的是红六军在1934年10月至1936年4月过黄平旧州时，英国传教士勃沙特为红军翻译法文地图并跟随红六军团长征的故事，讲述了勃沙特与萧克将军之间发生的传奇经历，艺术升华了红军长征胜利的历史意义。

1934年10月2日凌晨，萧克、王震等将军率领红军西征先遣队，从江西来到贵州黄平县，攻下旧州古城。但接下来怎么走？红六军团当时只有中学生课本上的地图，作为军事参考，难以为据。正在这时，部队在天主教堂发现了一张德国传教士用的法文版贵州地图，但当时红军无人能懂法文，徒有地图而无法使用。这时战士们正好逮住外国传教士勃沙特，请他将地图翻译成了中文，红军先遣队顺利找到了西行方向路线。而勃沙特也随红军走上了长征路。

毛泽东随着红一方面军也来到这里，他还在这里过了他的四十一岁生日。有人兴奋地说："他老人家的生日，应该有酸汤鱼吃吧？"大家听了，哈哈大笑："酸汤鱼是这里苗家的看家菜，想来应该有的了！"

在这条五彩缤纷的石头街上，我们走进了天后宫，即沿海的妈祖庙，现在是黄平县革命历史陈列馆；我们走进了"达源发"古居，两侧青砖风火墙，围护着三个天井，大门的对联写着："读圣贤书明礼达用，行仁义事政达通方"；我们走进了天主教堂，在这里，我们看到了那张勃沙特红军地图；我们走进郭沫若的母亲杜邀贞出生之地，郭沫若的回忆录讲这里是"贵州黄州"，杜邀贞的父亲杜琢章当年在黄平任知州。古镇历史文化底蕴，真让我们大开眼界啊！

不觉夕阳在山了，此时的旧州，构成了一幅五彩缤纷的画卷，"十里长街"的西大街，正对西边的落霞，雨过天晴，旧州那条五色斑斓石街，是那么地令人流连忘返，那么地令人沉迷陶醉……

石板的记忆

遵义石板镇，漫山石板，最难忘，石板上的记忆。

前方目标，青山红军坟，石板建成的烈士墓，建在石板群中的英烈坟。

遵义这块红色的土地，有一百多座红军坟，这是红军在这块土地上浴血奋战的见证，也是遵义人民对红军永远不忘的情义信物。它体现的是一种文化意义，那就是，遵义红色记忆。

车行至青山脚。放眼一望，这里真是个好地方，你背靠着青山，便面朝了宽阔的水泊渡水库。

眼前是一条弯曲的沿山路，有一个好名字，香樟大道。

半山上是红军坟，远远可见那松柏间鲜亮的花圈。沿山而上是层次分明的石板砌出的梯土，那就是当年国家主席视察过的"坡改梯工程"。一台台梯土，使坡土变平，保住了水土。这时候，苞谷收过了，留下的是秋收后的痕迹，是土地的休憩。几块地里，跑着一群鸭，一群鹅。见有人上山，鹅便伸长脖子朝天吼叫，有的扑打着翅膀，低着头，转着圈，一副准备攻击的样子。

队伍里有人说："这些水禽，为哪样不放到水里，要养在山上？"

"你以为这里可以让它们自由地放到下面的水库里？搞错没得，下面的水库是遵义的大水缸，不能有半点的污染。哪能让它们去自在喽。"大家笑了！

路边地里，一位爷爷赶着牛在犁地，一位婆婆挥着锄头在劈土，一位小姑娘跟在婆婆的后面种着苗。我上前和大爷说说话："大爷这种的是哪样？"大爷听我说话是外面来的，话就多了："油菜。我们这是早的。过些时间，这里的地都种上了。你们要是明年开春来，这里的油菜花噢，那个好看嘞！"我对大爷说，我们是来看红军坟的。大爷停下手上的犁铧，朝上面看看说："这个红军坟是前些年迁到这里的，以前在山那边石板镇上。我们这里叫青山村，埋在这里好，老话说'青山处处埋忠骨'嘛！这里是风水宝地，你看这山的两边如椅子，红军坟正对前面的相山，是最好的。"他指着那正对面的一个山峦说："风水好得很嘞。2005 年，水泊渡水库修成，现在水就在山脚下，在红军坟眼前。"他说的"相山"这个问题我不懂，不过这地方有山有水，视野开阔，就真是好地方。

和老人告别，沿着石板阶梯向上走。

沿着石板上到红军坟。青松翠柏围着青石坟，墓碑石上刻着"为有牺牲多壮志，敢教日月换新天"的字句。一块两米多高的青石碑上刻着"红军烈士墓志"。遵义电视台的记者，正在采访遵义知名的红军文化专家，这位专家说，1935 年初，红军长征到遵义，三进三出，历时四个多月，足迹遍及全县城乡，红军做出很大牺牲，安葬在此的几位红军烈士的遗骨，多不知道姓名。其中有两位被土匪砍杀丢弃在红檬田斑鸠井一消洞中，还有两位被杀害后抛尸在石板街后的一枯井旁。1968 年，在群众检举揭发下，终于抓获了杀害红军的刽子手。红军遗骨收敛安葬于石板镇，后来石板镇扩展建设，红军坟迁到这个风水宝地。青石板墓志铭留下了这样的记忆。

　　站在红军坟前，我望着眼前的一层层梯土，这二十多年前的"坡改梯"工程，这是石板镇当时的一个建设亮点。这个"坡改梯"工程称得上"动地惊天"。那是在 1991 年 12 月，当时的国家最高领导来遵义考察，知道石板镇的坡改梯工程，就来到了这里，还亲自动手挖地。石板镇的修志人说：这是我们石板镇的光荣，我们在此立碑纪念，碑上大书"动地惊天"四个大字。石板镇人进行"坡改梯"，就是"动地"，这个工程惊动了国家最高领导人，就是"惊天"，四个大字，概括得真是有气魄！

　　望着远处烟波浩渺的水泊渡水库，又想起水库边另一块石碑上"劈山炸石坡改梯功在当代，勤耕苦种奔小康造福子孙"的对联。

　　我站在这久久不肯离去，站在这青山绿水的红军坟前，水库边一路香樟，郁郁葱葱……

　　这一切，将永留我心中，那美好的——石板的记忆。

卫城老街上的皱纹

　　傍晚走在卫城老街上，余晖映着一路的石板，曲曲弯弯，来往的行人不多，倒从这一条条的石板缝中看出些古"镇西卫"的苍凉来。我小心地走着，怕打破了它历史沉积的宁静，惊扰了它三百年来的辉煌。我细看这老街上的一块块石板，体味着那一条条历史的皱纹，唯有它们告诉我，卫城的沧桑。

　　明崇祯三年（1630 年）建立的镇西卫，是当时节制水西的一个屯兵卫所。又是一条古驿道，是贵阳经清镇到毕节，进四川的重要驿道，这里在明清时代是一个繁华的重镇，四川、湖南、江西商贾云集，有小荆州之称。各省的会馆，上千家店铺，纷纷落脚于此。四处可见亭台楼阁，著名的有四阁二宫二寺八大庙，确是贵阳以西的商贸大镇。清代北京翰林院王人阁大学士在文昌宫上题诗：

　　百亩田，万卷书，栽青松，种绿竹，琴三弄，酒一壶，半作农夫半作儒，非是仙家非是佛。

　　走在"荆州路"上，沿着古巷，寻找当年的痕迹。在荆州路口不远的街头我找到了卫城老井，它就在街面的一间小屋中，上面是民房，左右是商铺，几百年过去，井水仍然满满的，水清如镜。井屋边上是一间花店，里面鲜花排列，一股浓浓的百合花香沁入心扉。

沿街走到一间老屋门前，只见门边一石碑上刻着"菖蒲堂"三个字。石板已油光光可鉴。

一位老婆婆站出来，干净的围裙，整齐的白发，邀请我进屋坐。

菖蒲堂是卫城古镇民居的典型代表，清朝末年的建筑，木瓦结构的二重堂四合院，二层木板楼，天井中花卉茂密。门窗做工精细，凿刻花卉文辞、飞禽走兽、八仙过海图案。木制八仙桌、四方桌、太师椅等摆设有序。

这是一钟姓中医家族，外屋看病抓药，里面是一小四合院，四合院中间的小天井，中间是一小鱼池，上有假山，周围是各季节的花。正是粉团花开得繁茂时，粉的、紫的、红的，让这古老的房屋，焕发出青春和活力。

婆婆带着我在屋里屋外走，给我介绍着晾晒在屋里的各种药材，说："今年雨水多，药材容易长霉，要经常拿出来晒晒。"走到一簸箕红枣前，她抓一把给我，说："吃吧，多吃点这个好。"我谢过婆婆说："老人家，你们家里的可都是宝贝，房屋，家具，还有这些中医中药，哪一样都是最好的，一样样都可以是文物了，要好好保存。"婆婆说："这些破烂家什，有哪样好，娃娃些都不要，这些他们都看不上，都在外面买房子。"我走在天井石板上，看着那一块块如玉石一样的石板，忍不住摸摸说："婆婆，他们不懂，这些才是好东西，你们可真是万贯家财，而且有的东西也不能用钱来说。你看就这院子里的石板，有多漂亮，这石礅，上面有好多故事呢。"

在屋里屋外走了一圈，外面路灯亮了，便对老人说："我有事要走了，改天再来。"

老人送我出门，街灯照着弯弯的街面，石板路往前延伸，一直到夜色

苍茫处。待我回头，再看看那老屋，只见婆婆还站在那石板路前，远远地
看着我。远处的婆婆已看不清容貌，但见路灯光下，石板路密密的缝隙更
如岁月的皱纹。

郎岱西街上的味道

我要去郎岱，郎岱西街上的味道吸引着我。

郎岱，因牂牁江的狼山——老王山，和城中的岱山而得名。郎岱古镇，周至春秋战国属牂牁国，秦至西汉属夜郎国。郎岱打铁关，两峰夹峙，如铁铸成；下临茅口河，古道曲折，穿岩峭壁。壑中，青树蒙蒙，翠涛沉雾。上下数十里，皆险要之地，古代为滇黔军事要冲。郎岱司马喻怀信在同治十二年（1873）写下"岩疆锁钥"几个遒劲大字，刻于半岩石壁上，如今仍宛然可见。

"岩疆锁钥"，面对神秘的老王山，那半山中，有据说埋葬着古夜郎王的月亮洞。矗立在你的面前，站在老王山上，你会觉得离太阳是那样的近，伸手可触。

老王山脚下的牂牁江，是北盘江一段神秘的流域，为珠江流域的上游之地。牂牁江一带，地貌奇特，充满传奇色彩。四面崇山峻岭，悬崖陡壁。打铁关——自古兵家一条路，"一夫当关、万夫莫开"，是历朝历代兵家必争之地。牂牁江——两岸怪石嶙峋，红岩裸露，奇伟壮观而苍凉。

站在打铁关最高处，指点江山：老王山云遮雾绕，九层山浩浩荡荡。子王坟、月亮洞，摩崖石刻，古驿道、塘兵驿站、古井、古城墙，郎岱古镇，还有那传说是夜郎王夏宫的南极山，千山万壑，尽收眼底。更有人神秘地讲着古夜郎王择都、选妃，被诱杀等优美悲壮的传说。

这时候，有人悠悠然高歌：

啊牂牁江牂牁江

波光潋滟　千帆竞翔

乌蒙玫瑰　熠熠生光

不舍回首依稀的故乡

深情呼唤梦中的夜郎

数不尽英雄身后寂寞苍凉

道不完古往今来牂牁诗意长

歌声如此动听，让人陶醉。

郎岱西街边上的打铁关，神秘味道，让我多少次徜徉。

从打铁关下郎岱，从归宗村到阿乐村那是一川大坝，大坝西边有西山，东头是东山，郎岱古镇居中。一路的粮田手牵手，两边山川肩靠肩。这就是古镇郎岱，牂牁文明、夜郎文化在这里流淌，它源远流长。据说，在郎岱先后产生了 7 名进士、43 个举人。这里明清时庙宇多达 16 座，有郎岱八景：东山朝霞、南岳飞仙、西陵晚渡、北驿文峰、云盘古树、月朗平桥、岩疆锁钥、陇箐连云。源远流长的郎岱，现居住的少数民族有苗族、布依族、仡佬族、彝族等，他们在婚嫁、祭祀、劳动、饮食、居住、服饰、头饰等方面都有其独有的夜郎文化特色。古镇中庙宇多座，现在保存完好的有观音阁、财神庙、龙宫祠。

走进西大街，高低起伏的重檐封火墙，双坡青瓦屋面，青砖粉墙，渐进的小天井和后花园，古城引人入胜。最让人喜欢的是西街一路的鸟笼，屋檐下，几乎是家家都挂着鸟笼，小巧精致。小鸟在笼里欢跳，古镇增添几分宁静休闲，这里人保持着那份古风。同行人向养鸟人打听，一对鸟得多少钱，养鸟人拿着个茶壶，漫不经心地说："那要看什么鸟，好的上千块呢！"这表明这里人对休闲的热爱，是古风的沿袭。

随着鸟鸣，不断有赶场人从身边走过，她们着装漂亮，我正欲偷偷地拍张照，一位大嫂在摩托边抬着东西，见我的相机对准她，她却开心地摆着姿势。她家是做豆腐卖的，这时候我才看见沿街摆放的簸箕，上面的豆腐块，正从象牙白变成金黄，豆腐干是这里的特产。我参观了它的原生态的制作工艺。它给小镇留下古韵的味道。

古城墙的残垣断壁，留下的古老沧桑，走上西山，县城在西东山之间，这里有郎岱三三暴动历史纪念碑。从纪念碑下到观音殿，一个幽静的小院，几个居士在院坝的核桃树下聊天，一个手上拿着本杂志翻看。我与住持仁海法师交谈。她是个健谈的人，说着她对观音庙的修建打理，观音庙的规划。她说，观音阁已故大师同叔贞对郎岱有一大贡献，那就是郎岱酱，得他的密传要诀制成。这种酱，经天然晒露，酱呈黄蜡色，醇香可口，独具风味，人称"机家酱"。

与仁海法师别过，进到赶场的街面，在一个店铺面前，赶场人在忙着购买，这就是郎岱酱的铺面。一个婆婆把手上的几个簸箕，卖给一个姑娘，拿着钱，走到卖酱的店前。

郎岱的酱很有名。我和老板一边交谈，一边欣赏着郎岱酱。郎岱酱，色，如落日晚霞，红中有黛色；香，馥郁清醇，遥遥飘远；味，悠长，咸中有甜，甜咸恰当，就如那美人，增之一分则多，减之一分则少。郎岱酱已有几百年历史。据资料考证，酱在古夜郎时期，就是蜀粤贸易重要商品之一。《论语·乡党》说："割不正不食，不得其酱不食。"证明在战国时代，即古夜郎时期，酱就是一种重要佐料。《史记·西南夷列传》记载汉武帝建元六年（公元前135年）唐蒙出使南越，南越王赵佗用来招待汉使，唐蒙食后问所从来？曰道"西北，江广数里，出番禺城下。"唐蒙回到长安，又召蜀地商人询问，答："独蜀出构酱，蜀贾多持窃出市面上夜郎，夜郎者临江，江广百余步，足以行船。"可见，酱是当时流通于夜郎，联系蜀粤贸易的重要商品之一。今天还受人们的喜爱。

西街，还有更多值得回味的美食。好多人介绍，去郎岱一定要吃郎岱油炸糍粑。可在西街现炸了吃，也可买生的回家自己炸来吃。今天一出门，我们就准备要又吃又包。一路走来，走了西街的一大半，也没见着郎岱糍粑的踪影，好不容易找到了糍粑铺子，结果漂亮的女老板出来说："不好意思，没有了，我们一般都是只卖早上，今天赶场，现在这个时间，就没有了。"我一看也才十点钟，"正是早上啊！你们生意也太好了啊！"女老板抱歉地朝我嫣然一笑。

走出场口，赶场的人渐渐少了，一个十一二岁的孩子提着只鸡，在路边卖，见我看他，不好意思地把头转向一边，估计是读书娃娃，爹妈要他来做点事情，又不好意思。旁边卖面条的摊位前，一个穿着鲜艳蓝色布依族服饰的婆婆，看着我笑，也许她看出我是外地人。我走过去向她打听，哪里有卖油炸粑粑的。她指着前面的开阔地，"你看，那里不是吗！"是的，我看见一年轻小伙子，架着一口锅，一个小桌台，刚出锅的油炸糍粑，香气诱人。还有一边的郎岱凉粉，米豆腐，那甜滋滋的麻糖醋，都诱惑着我。

郎岱西街，舌尖上的味道让我垂涎。

我要去郎岱，郎岱西街上的味道吸引着我。

遵义长征路

醉在那两山的玉米高粱

遵义平正乡石头城外，感动的是那份绿。时令虽过立秋，秋意缓缓而来，而夏日的炎热并未减退。但在平正，"热"却不见了，那石头旮旯布满的绿色，那风中飘来的绿味，给人凉爽的感觉。

仡佬人就有在这满山石头上生存的智慧。这里叫石头城，石头隐现在一片片绿色之中。当你发现石头的同时，也会发现那绿色中露出的屋脊，灰瓦白墙，黔北代表性建筑。最有意思的，你还能在墙上发现当年红军留下的标语。

站在高处，远望，一幅绿满山头的国画。

"乡里人家"，一栋乡里的现代别墅，三层高楼，却自有黔式风格。我们在这个具有浓郁乡村气息的别墅里吃过晚饭，等待一台大型歌舞晚会——《天下仡佬》。

这里是"仡佬第一乡"。

　　沿着村村通的公路往广场走去，喜欢的是路边的玉米和高粱。正是望收时节，一只只玉米棒壮实如牛角，咧着嘴朝你笑。高粱穗子低着头，饱满的颗粒，让它不好意思，羞红着脸。

　　"这时候玉米高粱在一起还真有点阿哥阿妹的感觉！"我的话一出口，一个遵义本乡人附和了，"你这个比喻用在这里，是最恰当的了。告诉你，它们的结合，酝酿出来的，那就是新生命诞生了。"我知道他说的是酒，不过好像这一点大家应该都知道，但他接下来说的，我倒是不甚知晓。

　　他说，中国好酒在贵州，贵州好酒在遵义，遵义好酒都与茅台有渊源。这里是遵义县平正乡，与茅台相距不过20多公里。很早以前，这里就酿造一种僚酒，也就是后来人们说的仡佬酒。僚酒与茅台酒是有渊源的，首先它们用的是同一源头河水酿造。这里的盘龙寨边的黑脚岩洞是赤水河的重要源头，僚酒茅酒同饮一河之水。

　　在这个洞里，当年有二十多位红军，仡佬族人把他们藏在这里，躲过敌人的围剿，最后在仡佬人的帮助下，重回长征路。这是红色土地红色水，与茅台酒一样有红色情结。

　　据说，在茅台河边原有一方长满茅草的土台，上面竖着仡佬人祭祖杆神柱。每到仡佬人祭祖时，都要到此，缅怀祖先开荒劈草的功德，故名"茅台"。

　　僚酒的美好，据史书介绍，汉《刘邦畅饮枸酱酒》，讲述了刘邦部下的濮人（僚人，仡佬人）的部队，常喝家乡带去的枸酱酒（僚酒），个个能征善战。在刘邦因丧母晕倒时，萧何为之送上枸酱酒，饮后神色大变而醒，他们才知道濮军骁勇善战的奥秘，就在这个酒，因此日夜思之。

　　枸酱酒在仡佬人的祖先潜祖时期，开始酿造。仡佬人酿造的枸酱酒，也就是后来说的哑酒、僚酒。制作工艺精致，用玉米、高粱、小米、小麦，加上他们自己做的曲药发酵而成。用陶瓷缸埋在地下数日，有的要上数年，取出其味无穷，其香悠远。饮的方式独特，用空心杆子对着坛子吸，可以大家一起吸。仡佬人叫"夯棒标"，汉语翻译出来，是个形象的名字"爬坡酒"。太平天国时期，翼王石达开有诗云："达开涌诗赞咂酒，山满义旗漫沙溪。""万颗明珠一翁收，君王到此也低头，五岳抱着擎天柱，吸尽黄河水倒流。"枸酱酒既产自赤水河畔，因此也被认为是茅台酒的前身。

了解仡佬酒背景，看到这么多待收的玉米高粱，就像看到好多"黄河水倒流"的僚酒在这里生成。从这一块块石旮旯里的丰收，看到仡佬人的勤劳，这时候的玉米高粱就像即将入洞房的一对新人，将孕育出新的生命"僚酒"。僚酒，咂酒，爬坡酒，带给仡佬人多少幸福，多少快乐！

晚会的音乐响起，粗犷的乐声在石头城两边的山谷里萦绕回环。这时候月出东山，情穿谷壑，还没走进演出会场，人早已陶醉。

沿着层层玉米高粱地间的水泥车路，进入到石头城的九天广场。一排排的聚光灯和一面面巨大的电子屏幕，在这远离都市的仡佬之乡竟出现一个高水平的现代化舞台。

我们在前排坐好，演出就开始了。开篇舞蹈《开荒劈草》，再现了仡佬人远古神秘、披荆斩棘、艰辛万苦走来的民族史诗。那恢宏的气势，展现出仡佬人顽强的生命力，让人震撼。接下来是《进酒歌》，一群姑娘们端着酒杯，唱着仡佬歌曲，虽然听不懂歌词，但根据曲调和姑娘们的表演，也大致能理解其意。唱着唱着，姑娘们端着盘子，盘子里放着酒壶和酒杯，走下台来。原来，她们要给客人敬酒了！

不知是谁在说："这是纯正的仡佬酒哟！"

他这一说，我有些激动地站起来。我本来不会喝酒，但既对仡佬酒了解在先，这时就一定要品尝。一个穿着民族服装的姑娘走到我面前，送上牛角杯，我激动地凑上嘴，喝了一口，本想抬头离开，可姑娘的牛角杯紧紧贴在我嘴上，我想用手推开，可她用抬酒的手臂挡住我的手。我只好又一大口喝下去，突然觉得这酒倒真是爽口，一股暖流从口腔流到胃肠，又热辣辣往外蹿。我禁不住有些晕晕乎乎了！

节目演了一个又一个，我却迷迷糊糊在那两大口仡佬酒里没清醒过来。我说："我最少喝了二两。"旁边的朋友说："你倒是好，我们想喝，都被你喝完了，哈哈！"

演出正轰轰烈烈进行，忽然，老天爷像和大家开玩笑，一点招呼也不打，就下起了倾盆大雨，顿时让人睁不开眼。台下的人纷纷撑起雨伞，一个没有伞的小伙，创造性地把塑料凳子顶在头上，遮住了头，身上淋了个透，他也不顾了。而台上的演员们，那些身着仡佬服装的姑娘小伙，却顶着暴雨，照样欢跳，那种精神叫人感动。

脚下很快就成了小河，伞，也挡不住大雨的磅礴。旁边的朋友已经在打喷嚏，而我虽然衣服已经湿透，但身上冒着热气，刚才喝下去的仡佬酒，热流在心，外化为暖，这下正发挥了作用。

在仡佬之乡平正，我们就这样顶着大雨，观赏了一场仡佬族的雨中狂歌劲舞……

当演出结束，我们走出广场，雨却暂时停息了。数百盏汽车灯光，将夜空照得如同白昼，只见雨后层层玉米和高粱，越发绿得醉人！

后院有棵山葡萄

在山登铭的墓前，来了一队考察瞻仰的人。墓在两间房子的后院坎上一块菜地里。坎下有棵山葡萄。山葡萄就在这墓前顺着一棵老树往上爬，藤蔓成荫，挂满了山葡萄。

这里是平正乡红心村，核桃树村民组，是山登铭后人的家。山登铭墓的碑文很有意思，写着"中共仙逝岳老山登铭之墓"。墓是女婿所立。

山登铭，遵义会议前的苟坝会议上，送重要情报的仡佬前辈，因此据说是地下共产党。

红心村负责人告诉我们说，1935 年 3 月，红军到遵义县平正乡，3 月10 日，在这里召开苟坝会议，当时根据山登铭送去的情报，毛泽东力排众议，取消了攻打打鼓新场的计划。3 月 12 日，成立了新三人军事小组，毛泽东获得军事指挥权，从而四渡赤水，跳出了敌人四十万兵力的包围圈，强渡乌江，佯攻贵阳，革命从转折走向辉煌。

红军三进平正，在平正乡驻扎了五六天，这期间山登铭与牟直卿乡长在吉安寺多次召开族人大会，做群众的工作，红军得到老百姓的支持，才能在这里的安住休整。

正在说时，一个四十多岁的大哥走出屋来，只见他刚走上来，忽然又折回屋去，好像是想起什么事情一样。正在奇怪，只见他扛着一把梯子出来，把梯子搭在爬满山葡萄的老树上，那一串串绿中带紫的山葡萄，着实惹人喜爱。这位大哥一言不发，爬上梯子，摘下一串串葡萄就往下递。啊，原来他看见来了客人，给大家摘葡萄呢。山登铭的后辈，也是这样明礼而有礼。

山葡萄，并没有街面上买的葡萄那么好吃，但这份真情，这般真味，是不可比拟的。

品味着山登铭后人捧给我们的这真情真味的山葡萄，酸甜留齿，情义留心。

红色桶井原生态

桶井，是平正乡共心村的一个村民组，原生态红色旅游景点。要说重走长征路，那平正乡就是原汁原味的长征路。有外国旅游者来遵义走长征路，走到这原汁原味的黔北乡野地方，他们感叹地说：我们希望走的，就是这样的长征路。

其实，桶井，还说不上村寨，就是两间房子。一排不甚高险的山坡，坐北朝南，形成一个椅子形的地势，正是人们常说的风水宝地。山不高，却绿荫遮蔽。"椅子"口的前面是一片开阔的田地，田里的稻子长势很好，稻穗沉甸甸地低着头，眼看丰收在望。"椅子"中央两栋房子，一新一旧，各有特色。旁边地里，一位年轻妇女在挖红薯，刚挖出的新鲜红薯，跟着她挖过的路线，整整齐齐自然而然摆成一排，十分可爱。

我们一行人都不知"桶井"名称何来。但既叫"桶井"，那就应该是有一口像桶一样的井才对。但放眼四望，都没有"井"的痕迹。其他人都离开了，我不死心，走到地边，问挖红薯的妇女："大姐，这里是不是有一口井呀？""有啊，不过现在都用自来水，老水井，就荒废了。""你晓不晓得它在哪里？""你看那坎上，房子那边有块水田，水田过去就是。"

我谢过大姐，走到屋前，一位老人正抬碗饭在门口吃得香，见我走来，就友好地邀请我进屋吃饭，这正是乡下淳朴的老民风。听说我要去看井，放下碗，招呼说："你要看井，跟我来我指给你。"

顺田边走过去，一条似有若无的小道尽头，一壁土坎下，一丛绿草间，的确有一口井，但不是井如桶，而是井在一只巨大的桶里面。这地方，地势如桶，"桶"的四壁长着茂密的草丛，井从"桶"的半壁冒出来，上面盖着块石板，像帽子的前檐，挡住上面可能滚下来的泥土。"桶"很大，而井并不大。老人告诉我说，他家姓胡，从江西搬过来，祖辈都在这里住，从来就有这口井。井水甘甜，四季不干，即使遇上天旱，井水也不干涸。就是因为有这口井，才有这一片老水田。

1935 年 3 月 13 日下午，红九军团政治部主任黄火清，就在桶井的民房里，组织召开连以上干部会议，传达刚刚召开的遵义会议的精神。大家正在聚精会神地听着，突然国民党军的飞机飞到上空，投下两颗炸弹飞走了。巧的是，那两颗炸弹，正好落在桶井门口的水田里，没有爆炸，红军安然无恙。红军福大命大，是不是托桶井菩萨的保佑呢？总之，这块看似平常的黔北边地，却充满着神奇的色彩！

今天，在这两间房子的前面，立了一块石碑，上面记载着这个故事。

原汁原味的长征红军故事。